浪花朵朵

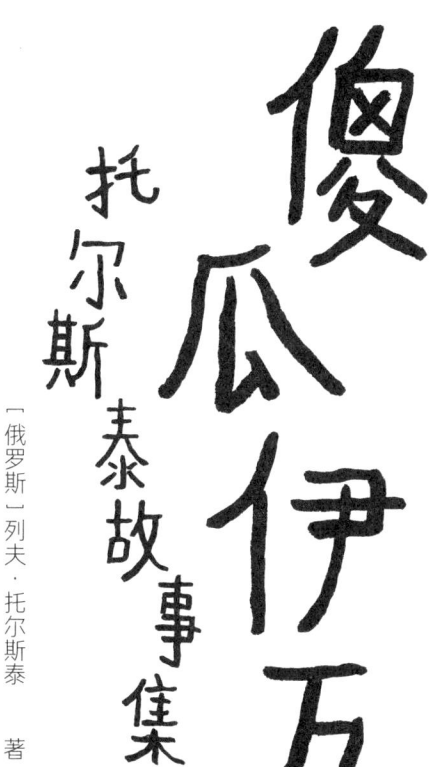

大作家写给孩子们

傻瓜伊万

托尔斯泰故事集

[俄罗斯]列夫·托尔斯泰 著
邢逸帆 绘
刘原希 译

江苏凤凰文艺出版社
JIANGSU PHOENIX LITERATURE AND ART PUBLISHING

图书在版编目（CIP）数据

傻瓜伊万：托尔斯泰故事集 /（俄罗斯）列夫·托尔斯泰著；邢逸帆绘；刘原希译. -- 南京：江苏凤凰文艺出版社，2025.1
（大作家写给孩子们）
ISBN 978-7-5594-8407-9

Ⅰ. ①傻… Ⅱ. ①列… ②邢… ③刘… Ⅲ. ①儿童小说－短篇小说－小说集－俄罗斯－近代 Ⅳ. ①I512.84

中国国家版本馆CIP数据核字(2024)第009021号

傻瓜伊万：托尔斯泰故事集

［俄罗斯］列夫·托尔斯泰 著　邢逸帆 绘　刘原希 译

项目统筹	尚　飞
责任编辑	曹　波
特约编辑	王晓晨　卢星童
装帧设计	墨白空间·李　易
出版发行	江苏凤凰文艺出版社
	南京市中央路165号，邮编：210009
网　　址	http://www.jswenyi.com
印　　刷	河北中科印刷科技发展有限公司
开　　本	880毫米×1230毫米　1/32
印　　张	3.875
字　　数	46千字
版　　次	2025年1月第1版
印　　次	2025年1月第1次印刷
书　　号	978-7-5594-8407-9
定　　价	58.00元

江苏凤凰文艺版图书凡印刷、装订错误，可向出版社调换，联系电话 025－83280257

目 录

傻瓜伊万　　　　1
高加索的俘虏　　61

傻瓜伊万

这是一个关于傻瓜伊万和他的两个兄弟——战士谢苗、大肚子塔拉斯，他的哑巴妹妹玛拉尼亚，一个老魔鬼和三个小魔鬼的故事。

一

从前，在某个国家的某个地方，住着一位富有的农民。他有三个儿子，分别是战士谢苗、大肚子塔拉斯和傻瓜伊万，他还有一个未婚的哑巴女儿玛拉尼亚。

战士谢苗为了效忠国王去参加了战争；大肚子塔拉斯去了城里做生意，给一个商人当伙计；傻瓜伊万和他的妹妹则留在家里，弯着腰，勤勤恳恳地耕

耘土地。

战士谢苗为自己挣来了很高的军衔和一座庄园，还娶了贵族的女儿为妻。他领着丰厚的俸禄，守着偌大的庄园，却始终没有足够的金钱来维持生活——因为不管他挣了多少钱，他的妻子都会挥霍一空，一点也存不下来。

当战士谢苗去他的庄园收租时，管事的人这样对他说："我们能从哪儿获得收入呢？这里既没有牲畜，也没有工具；既没有牛马，也没有耕犁。只有必要的工具和物资置办齐了，这里才会有收入。"

于是，战士谢苗去见了他的父亲。

"爸爸，您很富有。"他说，"但是您什么都没有给过我。将您三分之一的财产分给我吧，我需要靠它来运作我的庄园。"

老人说："可你什么也没有带回家过，凭什么要求我给你三分之一的家产呢？这对伊万和玛拉尼亚多不公平啊。"

谢苗却说："伊万是个傻瓜，玛拉尼亚是个哑巴。他们又能需要什么呢？"

老人只好回答："只有伊万同意了，这件事才可行。"

但伊万这样说："行啊，就让他拿走这三分之一吧！"

于是，战士谢苗从家里拿走了三分之一的财产，将它们合并到自己的庄园里，随后又给国王效力去了。

大肚子塔拉斯也挣了很多钱，还和一个女商人结了婚，但他并不满足于现状，便也去见了父亲，说："把我的那份家产给我吧！"

但是老人同样不想分给塔拉斯一份家产。

"你从来没有给这个家带回过任何东西,如今家里的一切都是伊万辛苦劳作得来的。我不能对他和玛拉尼亚这样不公!"

塔拉斯却反驳道:"他要这些做什么呢?那个傻瓜是不会结婚的,因为没有一个人会愿意嫁给他,而哑巴妹妹也同样如此。还是快把我的那部分给我吧。"他又转头对伊万说,"伊万,分一半的粮食给我吧!我不要你的工具,至于那些牲口,我只想要那匹灰色的种马,反正它也不是用来犁地的。"

伊万大笑道:"行啊,反正我会把粮食重新种出来的。"

于是塔拉斯也拿走了家产——他把粮食拉进了城里,又带走了那匹灰色的种马。而伊万只剩下一匹老母马,他继续干着农活,供养父母。

二

老魔鬼感到非常恼火,因为三兄弟并没有就财产分割而争执不休，反而相安无事地各过各的。于是他召来了三个小魔鬼。

"你们看，"他说，"这里有三兄弟，分别是战士谢苗、大肚子塔拉斯和傻瓜伊万。他们本该为了财产争执不休，现在却一派祥和地各自生活着，甚至还互相交换面包和盐。那个傻瓜伊万毁了我所有的计划！你们三个现在就出发，去掌控他们，扰乱他们的生活，最好让他们从此互相憎恨到想要挖掉对方的眼睛。你们能做到吗？"

"我们可以！"小魔鬼们回答道。

"你们的计划是什么？"

"我们是这么想的，"他们说，"首先我们要去摧毁他们，令他们食不果腹；然后再把他们全部聚集在一起，这样他们就会争执不休。"

"非常好，"老魔鬼说道，"看来你们都明白自己应该做什么了。去吧！在把这三兄弟搅扰得混乱不堪之前，不准回来！否则我一定把你们打得皮开肉绽！"

三个小魔鬼在泥沼前碰面，共同思考该如何解决这个问题——每个小魔鬼都想得到最轻松的任务。他们吵来吵去，最终决定用抽签的方式来分配任务——谁先完成了任务，都必须要去帮助其他的小魔鬼。于是他们开始抽签，并且约好在一定时间后，要再次回到这片泥沼来，从而确定谁完成了任务，而谁又需要帮助。

很快便到了约定的时间，三个小魔鬼重聚在泥沼，开始谈论起各自的任务。跟着战士谢苗的小魔鬼第一个说道："我的任务正在按部就班地进行着，谢苗明天就会去见他的父亲。"

同伴们很好奇他是如何做到的。

"首先，我将谢苗变得异常勇敢，导致他敢于向国王夸下海口，要去征服整个世界。国王将他封为将军，并派遣他去打败印度国王。战争开始了，但每晚我都会将他的炮火浸湿，并用稻草为印度国王变出数不尽的士兵。谢苗的手下看见那么多士兵从四面八方将他们包围，顿时吓得士气全无，谢苗命令他们开炮，但他们无论如何也没法点燃炮火——他们大受惊吓，像羊群一样四散奔逃。就这样，印度国王一举击溃了他们，谢苗也因此失去了所有的荣誉——国王收走了他的庄园，并且要在明天砍了他的头。我的任务只剩下一件事，就是让他从监狱里逃跑，这样他就会跑回家了。明天就是我完成任务的日子。告诉我吧，谁需要我的帮助？"

接下来，跟着大肚子塔拉斯的小魔鬼开始发言。

"我不需要你的帮助，因为我的任务也进行得很顺利——塔拉斯活不过一周了。首先我加重了他的欲望，让他变得很容易妒忌他人。他非常嫉妒别人所拥有的一切，无论看到什么都要买下来。他买了数不清的东西，花光了所有的积蓄，但即便如此，他还是停不下来。现在他开始借钱来满足自己的购买欲望了，这让他债务缠身，再也没有翻身之日。一周之后就是他该还债的日子，我只需要把他的财产全部变为马粪，让他无力偿还债务，他就只能回到他父亲家了。"

随后，他们开始询问跟着伊万的小魔鬼："你的任务怎么样了?"

"不得不承认,我的任务毫无进展。一开始,我将口水吐进他装着格瓦斯[①]的水壶中,令他腹痛难忍;然后我又去了他的田里,把土壤变得非常坚硬,让他没有办法耕耘。我以为他永远无法在这片土地上犁地了,但这个傻瓜拿着他的犁,将坚硬的土壤一点点砸开。腹部的疼痛令他低声呻吟,但他没有停下犁地的动作。于是我弄坏了一个犁,他却回到家修好了另一个犁,还在腿上缠好新的绑带,然后继续犁地。我悄悄钻进地下想要抓住犁铧,但是我做不到——他压着犁铧的力气太大了。犁铧非常锋利,甚至割伤了我的爪子。他几乎犁完了整片地,只剩下一小块了。兄弟们,来帮帮我吧,如果我们不能解决他,那么所有的努力都会付诸东流的。如果这个傻瓜不停地种地的话,他们就会变得没有任何欲望,因为他会养活其余所有的人。"

[①] 格瓦斯:一种盛行于俄罗斯等东欧国家的含低度酒精的饮料。以面包干发酵酿制而成,颜色近似啤酒而略呈红色。

跟着谢苗的小魔鬼承诺，明天就会去帮助他。之后他们便各自散去。

三

伊万几乎犁完了所有休耕的地，只剩下了一小块。他的肚子很疼，然而他不得不犁地。他拉直绳子，翻过犁向田里走去。就在他刚刚挖完一条沟往回走的时候，突然间，好像有什么东西抓住了犁，又好像是犁卡在了树根上——其实是跟着伊万的小魔鬼把腿缠在了犁头上，牢牢抓住了它。

"这会是什么东西啊？"伊万心想，"以前这里从来没有树根的，但是现在，这里明显有。"

伊万用手向沟的下方探去，感受到了一种柔软的触感。他将其抓住，一口气拔了出来。它像树根一样黑，但上面有东西在扭动。伊万只瞥了一眼——天啊！竟然是一个活着的小魔鬼！

"我宣布，"他说，"这是不洁之物！"

说罢，伊万将小魔鬼挥起，朝着犁柄狠狠砸去，

小魔鬼开始大叫起来。

"别打我，"他哀求着，"不管您说什么，我都会照做的！"

"你能为我做些什么？"

"请告诉我，您想要什么？"

伊万挠了挠头。

"我的肚子很痛，你可以治愈我吗？"

"我可以。"小魔鬼回答。

"太好了，来吧。"

小魔鬼弯下腰来，在沟内掏了半天，掏出了一块树根——是三株连在了一起。小魔鬼将它们交给伊万。

"拿着吧,"他说,"吞下这树根,您的疼痛会立刻消失的。"

伊万拿过树根掰开,把其中一株吞了下去。他的肚子果然不痛了。

这时,那个小魔鬼又开始哀求:"现在可以让我走了吧?我会立刻从地下离开,再也不会回来了。"

"好吧,"伊万说,"愿上帝与你同在。"

就在伊万说出这句话的那一刻,小魔鬼立刻遁入了地面——简直像是一块石头落入水中一样——地上只留下一个洞。伊万把剩下的两株树根放进自己的帽子里,转过身继续劳作。他翻完了最后一块地,将犁转过来回了家。

伊万解开牵马绳走进家门,就看到他的大哥——战士谢苗——和大嫂正在吃晚餐。谢苗的庄园被没收了,他冒着千难万险逃了出来,到父亲家中生活。

当谢苗看见伊万后,说道:"我来和你一起住了。在我找到新的住处之前,你得养活我和我的妻子。"

"行啊,"伊万说道,"你们就待在这里吧!"

伊万正要在长椅上坐下,谢苗的妻子却嫌弃他身上的味道。

"我没有办法和满身臭味的农民共进晚餐。"她对自己的丈夫说道。

于是伊万拿上几片面包和他的长袍,出门去放马了。

四

那天晚上,跟着谢苗的小魔鬼在完成了自己的任务后,便按照约定去寻找跟着伊万的小魔鬼,以帮助他完成任务。然而当他来到田里,却四处都找不到那个小魔鬼,只发现地上有一个洞。

"很明显,我的伙伴一定是遇到了什么问题。"他心想,"我必须要替他完成任务。地已经犁完了,我得在伊万割草的时候抓住他。"

这个小魔鬼走向草场,他带来了一场洪水,使这里被烂泥覆盖。第二天一早,伊万守夜回来后,便打磨了镰刀,朝着草场走去。他挥舞着镰刀开始割草,一下又一下，但是镰刀变得很钝，根本割不下来一点草——很明显，这把镰刀需要打磨。伊万很努力地劳作，却是徒劳无功。

"这样不行，"他自言自语道，"我应该回家，然后带着磨刀石和一大块面包回来。在把草割完之前，我是不会放弃的，就算那意味着我要在这儿待上一个礼拜。"

小魔鬼听到了伊万的话之后，心想："这傻瓜是个一根筋。照这样下去，我是没有办法毁了他的。我必须换一个方法。"

伊万带着东西回到草场，打磨镰刀后开始割草。小魔鬼偷偷地溜进了草地里，尝试去抓住镰刀的末端，并将刀尖插入地面。尽管艰难，但伊万还是几乎完成了割草的工作，只剩下泥沼上灌木丛生的地方了。小魔鬼爬进泥沼，心想："即使两个爪子都受伤，我也不会让他割下这片草的。"

伊万来到了这片泥沼，这里的草并不密集，但他发现挥镰刀时会异常吃力。伊万逐渐变得烦躁，开始用尽全力挥舞镰刀。小魔鬼害怕了，却没有来得及逃跑——他意识到伊万此时情绪不佳，便率先躲进了草丛里——伊万使出全力挥着镰刀割向杂草，连带着一同割下了小魔鬼的半条尾巴。随后，他便让妹妹把这些草绑起来，自己转过身去割黑麦。

伊万带着一把圆刀走了过去，然而，这个断尾小魔鬼先他一步将所有黑麦弄得一团糟——一把圆刀是没有办法割下这样一片黑麦的，伊万便回去拿来了一把短柄小镰刀，很快，他就把所有的黑麦都割完了。

"现在我该去收燕麦了。"伊万自言自语道。

断尾小魔鬼听到后，暗下决心："既然我没能阻止他割黑麦，那么我一定要让他无法完成在燕麦田的劳作——只等明天一早了。"

断尾小魔鬼一大早就跑去了燕麦田，谁知所有的燕麦已经被收割了——伊万为了防止燕麦籽脱落，便用一晚上时间把它们都割完了。

断尾小魔鬼开始变得恼怒："这个傻瓜害我受伤，害我劳累疲倦。就算在战争时期，我也没见过这么麻烦的人。这个可恶的人根本不睡觉，我完全没办法跟上他的步伐。那么，我现在就去黑麦堆，让它们都腐烂吧！"

断尾小魔鬼来到了黑麦堆后，在里面不停地爬上爬下使其腐烂——他将黑麦堆变得越来越热，自己也因此暖和起来，不知不觉就睡着了。

这时，伊万拴好了马，和妹妹一起把这堆麦子运走。他来到一个麦堆前，将它扔进推车。才刚把两捆放进推车，他的叉子便直接插在了小魔鬼的背上，他将叉子抬高——天啊！叉子尖端是一个活着的断尾小魔鬼，他正扭动着身体，挣扎着想要摆脱。

"我宣布，"伊万说道，"这是个不洁之物！你竟然又出现了！"

"我是另一个小魔鬼，"小魔鬼说，"之前在这里的是我的兄弟，我本来是跟着你的哥哥谢苗的。"

"我不在乎你是谁，"伊万说道，"这是你应得的。"

伊万正要把小魔鬼朝地上狠狠摔去，小魔鬼开始求饶："放我走吧！我保证没有下一次了。不管您想要什么，我都会满足您的！"

"你能做些什么？"

"我可以用一切事物为您造出士兵！"

"他们有什么好的？"

"您想用他们做什么都行，他们什么都会！"

"他们可以演奏音乐吗？"

"当然可以。"

"好吧，为我造出士兵吧。"

断尾小魔鬼说："拿上一捆黑麦，然后把它们狠狠地摔向地面，再说出这句咒语：'奉主人的命令，你将不再是一捆麦子，有多少麦子，就有多少士兵。'"

伊万拿来了一捆黑麦向地上砸去，并且重复了小魔鬼告诉他的话，只见这捆麦子裂成碎片，每一根麦秆都变成了士兵，在最前方还有一个鼓手正在敲鼓，一个号手正在吹号。伊万哈哈大笑。

"我承认，"他说，"这很聪明。这个一定可以逗女孩子开心。"

"现在可以放我走了吧？"小魔鬼哀求道。

"不，"他说道，"我要用已经脱粒的麦秆来变。我可不会白白浪费麦子，我要先将它们脱粒。"

小魔鬼便说："跟着我念：'有多少士兵，就有多少麦秆！奉主人的命令，你们将会变回一捆麦子。'"

伊万重复了小魔鬼的话，麦子也变回了之前的样子。小魔鬼又一次哀求道："现在让我走吧！"

"行啊！"伊万将他放在车栏上用手按住，将其从叉子上拽了下来。

"愿上帝与你同在！"他说道。

就在伊万说出这句话的那一刻，这个小魔鬼立刻遁入地面，仿佛一块石头落入水中一样，地上只留下了一个洞。

伊万回到家，看见他的二哥——大肚子塔拉斯——和二嫂正在吃晚餐。大肚子塔拉斯破产了，于是逃到父亲家来躲避债务。当他看见伊万后，说道："伊万，养活我和我的妻子吧，直到我重回生意场。"

"行啊，"他说道，"就和我们待在一起吧。"

伊万刚脱下长袍坐到桌边，商人的妻子就说："我没有办法和这个傻瓜共进晚餐。他一身汗臭味。"

于是大肚子塔拉斯说道："伊万，你身上的气味真的很难闻。你自己去前厅吃饭吧。"

"行啊。"伊万说完，就拿些面包走了出去。

"这刚刚好，"他自言自语道，"正好到了要带我的马夜间兜风的时候了。"

五

那天晚上，跟着塔拉斯的小魔鬼也完成了他的任务。按照约定，他要去帮助同伴解决傻瓜伊万的任务。当他来到田野里后，便开始四处寻找同伴，然而，除了地上的洞以外，他一无所获。他在草场里发现了一根断掉的尾巴，在黑麦堆处又发现了另外一个洞。

"好吧，"这个小魔鬼思索着，"很明显，我的同伴都遭遇了不幸，我必须要接替他们来完成这个任务。"

于是小魔鬼出发前去寻找伊万。但是伊万已经完成了田间的工作，现在正在森林里伐木——兄弟们住在一起并不和睦，哥哥们命令傻瓜伊万去为他们砍木头，好另建新的小屋。

小魔鬼跑进森林，他爬上了树枝，不让伊万把树木砍倒。伊万采用了正确的伐木方法，按理说树木会倒在空旷的地上，但这棵树却朝着树木密集的地方倒去，并且卡在了树枝上。伊万用斧头做了一根杠杆，开始转动树，才勉强将树放倒。当伊万开始砍第二棵树的时候，同样的事情又发生了，他一遍又一遍地尝试后才把树放倒。当他开始砍第三棵树的时候，同样的事情再一次发生了。

伊万本来打算砍完五十棵树的，然而在天黑之前只砍倒了十棵，他精疲力竭，浑身冒着热气，就好像一团雾从森林里升起一样。但是伊万不肯放弃，在又砍下一棵树后，他的后背实在疼痛难忍，他没有办法再继续工作了，只好把斧头插在木头上，坐下来休息。

小魔鬼看见伊万停了下来，非常高兴。

"太好了，"他心想，"他现在已经精疲力竭，马上就会放弃，我也是时候稍微休息一下了。"

他非常开心地跨坐在树枝上,然而伊万站了起来,从木头上抽出斧头,用尽全力砍向树。他大力地砍向树的另一侧,使其裂开倒下,小魔鬼始料未及,一时间没有伸开腿,树枝断裂开,卡住了小魔鬼的爪子。这时,伊万开始修剪树枝——天啊!这里有个活着的小魔鬼!

"我宣布,"他说道,"这是个不洁之物!你竟然又在这里出现了。"

"我是另一个小魔鬼。"小魔鬼解释道,"之前在这里的是我的兄弟,我本来是跟着你哥哥塔拉斯的。"

"我不在乎你是谁,你的下场也会和他们一样。"伊万挥起斧头,朝着小魔鬼的背上砍去。

小魔鬼开始求饶:"不要杀我,不管您提出什么条件,我都会满足的!"

"你能做些什么呢?"

"不管您想要多少钱,我都可以提供!"

"好吧,那让我见识见识吧!"

于是小魔鬼开始教伊万生钱的方法:"从这棵树

上取一些树叶，然后把它们放在你手中摩擦，这样金子就会掉落到地上了。"

伊万拿起一些树叶开始摩擦。金子开始逐渐落下。

"这个真不错。"他说道，"在我和朋友们庆祝的时候，这招会很有用的。"

"现在让我走吧！"小魔鬼哀求道。

"行啊！"伊万拿起斧头放走了小魔鬼，"愿上帝与你同在！"他说道。

就在伊万说出这句话的那一刻，小魔鬼立刻遁入地面，就像是一块石头落入水中一样，地上只留下了一个洞。

六

兄弟们都为自己盖好了住所，他们分开居住。伊万结束了田地里的劳作后酿了些啤酒，他邀请哥哥们

来一起庆祝，他们却拒绝了伊万的邀约。

"我们从没听说过农民的庆典。"他们这样说道。

于是伊万款待了其他农民和他们的妻子，他喝得酩酊大醉，走上街头跳起了舞。随后他来到妇人们面前，请求她们为他唱赞歌。

"我会为你们带来此前从未见过的东西。"

妇人们哈哈大笑，随后开始为他唱赞歌，她们唱完后对伊万说："好了，现在可以把东西给我们了。"

"我会一口气都给你们的。"他说着捡起装种子的篮筐，跑进了树林里。妇人们哈哈大笑道："他真是个傻瓜！"随即将伊万抛在脑后。没一会儿，伊万却提着不知装满什么东西的篮子跑了回来。

"这是你们应得的吗？"

"当然了！"

伊万便抓起了一把金子，朝着妇人们扔去——天呐！妇人们顿时冲着一地的金子飞奔而去，农民们也夺门而出，开始拼命地从妇人们的手里抢金子。伊万却大笑起来。

"哦，你们这群蠢货，"他醉醺醺地说道，"为什么要撞那个老太太呢？绅士一点，我会分给你们更多的。"随后他开始撒出更多的金子，人们纷纷涌上前来，伊万干脆将一整篮金子全部撒了出去。人们还想要更多的金子，伊万却说："这就是全部了，下次我会给你们更多的。现在让我们来享受音乐吧！一起歌唱吧！"

于是妇人们唱起了歌。

"我不喜欢你们唱的歌。"他说道。

"那你觉得哪种音乐更好呢？"

"等着瞧吧！"他说着来到打谷场，拿了几捆黑麦，将它们理齐，把末端抵在地面上，再朝地上摔去。

"奉主人的命令，你将不再是一捆麦子，有多少麦子，就有多少士兵。"

麦子碎裂开来，士兵们出现了，鼓声和号声也开始响起。伊万命令士兵们演奏音乐，他们一起走上了

街头，人们都惊讶不已。在士兵们演奏完毕后，伊万就带着他们回到了打谷场——他让人们不要跟着他。伊万将士兵们变回麦子，并扔到麦垛上，之后他便回到家，在隔板后面睡着了。

七

第二天一大早,大哥谢苗听说了前一晚的事情,前去寻找伊万。

"告诉我吧,"他说,"你是从哪儿找到那些士兵的,又把他们带去了哪里?"

"这对你有什么好处吗?"伊万问道。

"这是什么蠢问题!有了士兵,你就可以做任何事情,你甚至可以为自己建立一个王国!"

伊万非常惊讶。

"真的吗?你怎么不早告诉我?"他说,"你想要多少,我都可以为你造出来。幸好玛拉尼亚和我昨天已经脱粒了很多麦子。"

伊万带着大哥来到了打谷场。

"瞧,我可以为你造出士兵,但是你必须得把他们全部带走。如果要我们来养活他们的话,他们会在一天内把整个村庄都毁掉的。"

战士谢苗承诺会将士兵们带离村庄,于是伊万开始为他造士兵。他将一捆黑麦扔在地上，造出了一连队的兵，然后他又扔了另外一捆，又造出一连队的兵。他重复了很多次，造出的士兵几乎填满了整个田地。

"这些够了吗？"

"够了，够了！"谢苗很高兴，对着伊万说道，"谢谢你，伊万。"

"好吧，"伊万说道，"如果你还需要更多就来找我，我会为你造出更多的——毕竟这里有很多麦秆。"

战士谢苗立刻建立了军队，然后继续行军打仗。

在战士谢苗离开后不久，大肚子塔拉斯也找到了伊万。他同样听说了那晚的事情，便向自己的弟弟乞求道："告诉我吧，你是从哪儿得到的那些钱？如果我能有这么多钱，我就可以得到全天下的东西了。"

伊万十分惊讶。

"真的吗？你应该早点告诉我的。"他说，"不管你要多少，我都可以给你。"

他的哥哥兴奋地说："至少给我满满三篮的金子吧！"

"好吧,"伊万说,"我们一起去林子里吧,但要记得带上你的马,否则你是拿不动的。"

于是他们来到了树林里。伊万开始摩擦树叶,不一会儿,他就得到了满满一堆金子。

"这些够了吗?"

"够了,够了!"大肚子塔拉斯非常开心,"谢谢你,伊万。"

"不客气。如果你需要更多,记得回来找我——毕竟这里还有很多树叶。"

大肚子塔拉斯带着满满一车的钱,离开家做生意去了。

两个哥哥都离开了家——谢苗回到了战场,塔拉斯回到了生意场。战士谢苗为自己征服了一个王国,大肚子塔拉斯也通过做生意挣了一大笔钱。

战士谢苗对他的弟弟抱怨道:"我为自己征服了一个王国,现在生活幸福美满。只是我没有足够的钱来养活我的军队。"

大肚子塔拉斯同样抱怨道:"我已经挣了很多的钱,但是面临着一个问题——没有人为我守护这些财宝。"

于是战士谢苗说:"让我们回去找我们的弟弟吧!我会请他为我造出更多的士兵,然后将这些士兵给你,帮你守护财富;而你去请求他造出更多的钱给我,好来养活我的军队。"

于是他们找到了伊万。谢苗说道:"亲爱的弟弟,我还需要更多的士兵,请帮我造出更多的士兵吧——你只需要用两捆麦子。"

伊万摇了摇头:"我不会再为你造任何士兵了。"

"但是你承诺过你会的!"

"是的,我承诺过。但现在,我不会再为你造士兵了。"

"为什么?为什么你不再为我造士兵了?"

"因为你的士兵杀死了一个人。那天我正在田里犁地,正好看见一个女人哭着运送棺材。我问她是谁死了，她告诉我：'是谢苗的士兵在战争中杀死了我的丈夫。'我以为那些士兵是用来演奏音乐的，但现在他们杀死了一个人。我不会再为你造更多的士兵了。"

就这样，他坚持着自己的决定，没有给谢苗一兵一卒。

随后，大肚子塔拉斯开始乞求伊万给他更多的钱，但伊万仍然摇了摇头。

"我不会再为你造更多的钱了，无论如何都不会。"
"但是你承诺过你会的！"
"是的，我承诺过。但现在，我不会再这样做了。"
"为什么，为什么你不再这样做了？"
"因为你的金子让米卡哈罗那失去了奶牛。"
"怎么回事？"
"事情是这样的。米卡哈罗那曾经有一头奶牛，这头奶牛为孩子们提供了牛奶。但是有一天，孩子们找到我，想从我这儿得到一些牛奶。我问他们：'你们的奶牛呢？'他们告诉我：'大肚子塔拉斯的手下用三块金子换走了母亲手中的奶牛，现在我们没有牛奶喝了。'我以为你只是想用金子当作玩物，但是你将奶牛从孩子们的手里抢走了。我不会再给你更多的金子了。"

伊万坚持着自己的决定，什么也没有给他。哥哥们只好离开，开始思考该如何解决各自的问题。

这时，谢苗开口道："我知道该怎么做了。你付钱给我，好让我能养活我的士兵，然后我将王国的一半，连带着那些士兵一起交给你，来守护你的财产。"塔拉斯欣然同意，自此，两兄弟都变成了国王和富有的人。

八

伊万依旧待在家里，供养着自己的父母，和哑巴妹妹玛拉尼亚一起在田里劳作。

这一天，伊万的看门狗生病了——它得了兽疥癣，马上就要死掉了。伊万非常难过，他从玛拉尼亚那儿取来了一些面包放进帽子里，带出门去给看门狗吃。然而他的帽子已经破得不成样子，面包随着一株树根掉了出来。狗把面包和树根一起吞下——仅仅一眨眼的工夫，它突然开始蹦起来玩耍，并充满活力地大叫，还摇晃着尾巴。它痊愈了。

伊万的父母看到这幅场景后惊讶不已。

"你是怎么治好那条狗的?"

于是伊万告诉他们:"我有两株可治百病的树根,其中一株喂给了这条狗。"

不久后,国王的女儿病重,国王在全国上下悬赏寻找可以治好公主的人,并承诺如果这个人尚未婚配,还会将公主许给他做妻子。这张悬赏也张贴在了伊万的村庄里。

老两口叫来伊万,说道:"你是否听说了那个国王发布的悬赏?既然你有那样神奇的树根,就用它去治好公主吧。你的后半生将拥有享受不尽的荣华富贵。"

"好吧。"伊万回答道，随即便穿戴整齐，做好了出发的准备。他刚走出门厅，就看到一个胳膊断了的乞讨女人。

"我听说您可以治病，"她说道，"请您治好我的胳膊吧，我甚至没有办法自己穿衣服。"

"行啊！"伊万说着，拿出树根递给女人，让她把树根吞下去。女人吞下树根后立刻痊愈了——她甚至可以挥动自己的胳膊。这时，伊万的父母恰好出来为他送行，当他们得知伊万把最后的树根送给了这个乞讨女人而无法治疗公主后，他们开始大声地斥责伊万。

"你同情这个女乞丐，却对公主毫无慈悲之心！"

伊万却套上了马，往篮子里扔了一小堆稻草，准备上路。

"你这个傻瓜，你要去哪里？"

"去治疗国王的女儿。"

"但现在，你已经没有能治好她的树根了啊！"

"确实如此。"他说完，就骑着马远去了。

伊万来到了国王的宫殿——神奇的是，就在他踏进走廊的一瞬间，公主就痊愈了。

国王大喜，派人给伊万梳洗打扮并带到殿前，说："你可以做我的女婿了！"

"好吧。"

于是伊万娶了公主。国王在此后不久便过世了，伊万成了新一任的国王。至此，他们兄弟三人都是国王了。

九

三兄弟统治着各自的国家。

大哥——战士谢苗——的生活很富足。在那些稻草士兵的帮助下，他得到了真正的士兵——他下令每十户人家就必须出一个士兵，并且要身材高大，体白脸净。于是谢苗得到了一支人数众多的军队，他精心地训练他们。如果有人敢违背谢苗的意愿，他就会立刻派出士兵去对付那个人，最终按照他的心意来处置那个人——于是所有的人都开始惧怕他。谢苗的日子过得很是舒心，不管他想要什么或是看到了什么，他只需要派出自己的军队——他们会为谢苗抢来他想要的一切。

大肚子塔拉斯的生活同样很富足。伊万给他的钱，他一分也没花，反倒是在此基础上又挣了不少钱。他把自己的钱全部放进了保险箱里，并且从平民身上压榨更多的钱财。在他的王国同样有着很严格的规定，不管是谁从这里经过，都要向塔拉斯交钱——无论他们是走路还是骑马，连他们穿的皮鞋、绑腿布和鞋带也不放过。无论他想要什么，他都会得到。人们为了赚钱，向他献上了各式各样的东西，同时也为他工作——因为每个人都需要钱。

伊万的日子过得也不差。老国王离世后，他便脱下了皇家服饰，并嘱咐妻子将它们放进保险箱中。他重新穿回了他的麻布衬衫、麻布裤子和破旧的鞋子，开始劳作起来。

"我觉得不舒服。"他说,"我的肚子越来越大,整天吃不下也睡不着。"

他将父母和哑巴妹妹玛拉尼亚接来王宫,转身又开始劳作。

人们对此不太理解:"但你是一位国王啊!"

"确实如此,"伊万说,"但国王也需要吃饭啊。"

大臣找到了伊万,向他汇报道:"我们没有钱发仆人的薪水了。"

"知道了,"伊万说,"如果你没有钱,那就不要想着发薪水了。"

"如果这样的话,就没有人来服侍你了。"

"知道了。"他说道,"那么以后就不需要他们的服侍了,这样他们会有更多时间去劳作。让他们运送一些马粪吧,他们已经很久没有这么做了。"

人们来到国王面前,想请他来裁决一个案子。

"这个人偷了我的钱。"一个人控诉道。

然而伊万却说:"那说明他真的很需要钱。"

于是,所有人都意识到伊万是个傻瓜。他的妻子对他说：“所有人都说你是个傻瓜。”

"好吧。"他说道。

不过伊万的妻子也是个傻瓜，她左思右想了一番。

"我为什么不和我的丈夫一条心呢？"她自言自语道，"棉线就是应该和针在一起才对。"

于是她也脱下了自己的皇家服饰，将它们放进了保险箱，并向玛拉尼亚学习应该如何劳作。她学会后，就开始帮助丈夫了。

所有聪明人都离开了伊万的国家，只有傻瓜留了下来——谁也没有钱，但他们能够自给自足，自得其乐。

十

老魔鬼一直在等小魔鬼们回来，指望能听到他们是如何摧毁三兄弟的，但始终没有小魔鬼回来。他只好亲自去探查到底发生了什么——他四处搜寻了一番，却没有发现三个小魔鬼，只发现了三个洞。

"好吧，"他心想，"显然他们没有完成任务，现在只好由我亲自上阵了。"

老魔鬼出发去寻找三兄弟，但此时他们已经不在老地方了。他发现三兄弟住在不同的国家，并且分别统治着他们所居住的地方。这个发现让老魔鬼更加恼怒。

"看来我必须亲自出马。"他说道。

老魔鬼先去找了国王谢苗。他没有暴露自己的真实身份，而是乔装成一个将军进入了王国。见到谢苗后，他说："尊敬的谢苗陛下，我早已听闻您是一位伟大的战士。恰好我在这方面也略有心得，因此我想加入您的队伍。"

国王谢苗考了他几个问题，发现他是一个很聪明的人，便同意将他收入麾下。这位老将军开始向他传授经验——如何才能募集到一支最强大的军队。

"首先，你必须要招募更多的士兵，如今你的王国里有太多无所事事的人在终日游荡了。你必须要剃去所有年轻人的头发——无一例外——然后你就会拥有一个比现在的规模大上五倍的军队。接下来，你需要引进更加先进的枪和大炮，我会帮你找到一次可以射出一百发子弹的枪支——子弹会像倾倒豌豆一样快速射出。我也会帮你找到可以轰炸一切的大炮，炮火会烧尽一切——无论是人、马，还是城墙。"

国王谢苗接受了他的建议，他将所有的年轻人都抓来服兵役，同时也建造了新的工厂。在大批量地制造出崭新的枪支大炮后，谢苗立刻对邻国展开了攻击。敌方军队一出来攻击他，他就命令士兵们对其开火，并用大炮轰炸敌军——敌方一半的队伍因此被烧光，士兵们身负重伤。邻国的国王十分害怕，便向谢苗投降，并将自己的王国献给了他。国王谢苗无比兴奋。

"现在，我要去击败印度国王。"他雄心勃勃。

然而，印度国王在听闻国王谢苗的事迹后，不仅学习了谢苗所有的发明，而且加入了自己的新发明。他不光招收所有年轻男人服兵役，也招收所有未婚女性服兵役，因此他拥有的士兵数量甚至比国王谢苗的还要庞大。他仿制了国王谢苗的枪支和炮火，还加入了让士兵飞在空中并投放炸弹的新技术。

　　国王谢苗出征去攻打印度国王，本以为自己会和之前一样大获全胜，然而事实完全相反——印度国王甚至没有给他开火的机会。他命自己的女兵飞到空中，向谢苗的军队投放炸弹——如同将硼砂撒入蟑螂群一般。整个军队四散逃开，只剩下国王谢苗一人。印度国王就此占领了谢苗的王国，国王谢苗则朝着他能看到的最远的地方飞快逃命了。

　　就这样，老魔鬼摧毁了三兄弟之一，接下来他就要向国王塔拉斯所在的地方前进了。他将自己打扮成一个商人，并在塔拉斯的国家安顿下来——他创办了一家商店开始做生意。这个商人愿意出高价买下所有东西，于是整个国家的人都跑到他那里，想要赚得他的钱——人们得到了足够多的钱，还清了欠下的税款，并且也有能力按时交税了。国王塔拉斯很开心。

　　"真是多亏了这个商人，"他心想，"我现在只会变得比以前更加富有，我的生活质量又会更上一层楼。"

于是国王塔拉斯制定了新的计划——他开始为自己建造新的宫殿。他命令人们去收集木材和石料，并要求他们为他劳作。他对所有的木材和石料都标了很高的收购价，以为人们会和之前一样争先恐后地来——然而，这些东西都已经被商人收购了，只有工人一股脑儿地涌到国王塔拉斯这里。

于是国王塔拉斯开出了更高的价格，然而商人的价格也因此涨得更高了。尽管国王塔拉斯有着数量可观的钱财，但是商人拥有的比他更多，并且商人提供的工资也比他的更高。最终这个皇家项目停滞不前——这个样子是没有办法建成宫殿的。

国王塔拉斯想要建一座花园，他打算雇一些人来为他种树，但是没有一个人来——因为大家都在帮商人挖一座池塘。

冬天到了，国王塔拉斯想要买些紫貂皮来做一件大衣，便派人去购买。仆人回到城堡后告诉他，市面上根本找不到一张紫貂皮——商人已经收购了所有毛皮，他开出了更高的价格，并为自己做了一张紫貂皮地毯。

又一次，国王塔拉斯想要一些种马，于是派出使者为他购买，他们回来之后却告诉塔拉斯，优质的种马已经全被商人买走了，他正在用它们运水来填满池塘。

最终，国王塔拉斯不得不停止他的所有计划。人们不再愿意为他做事，只愿意替商人劳作——他能得到的只有商人上缴的税款。

国王拥有巨额的财产，却不知道该用这些钱来做什么，他的生活变得越来越糟。于是国王停止了所有计划，只想平平安安地过完自己的一生——但是他连这个也做不到。所有的事情都令他感到烦恼——他的厨师、车夫、仆人纷纷离开了他，转而去为商人工作。不久后，连他的粮食也变得紧缺起来。他派出一个女仆去市场采买，但商人早已把所有东西都买空了，市场上什么也没有，他现在拥有的只有税款。

国王塔拉斯非常愤怒，他将商人赶出了自己的国家，但商人在边界处安顿下来，继续着他的生意。人们为了从商人那儿赚取更多的钱，纷纷拿着属于国王的物资卖给他。国王塔拉斯陷入了窘境——他已经很久没有吃饭了。坊间还有传言，商人会用钱把国王的位置买下来。国王塔拉斯斗志全无，他已经不知道该怎么办了。

战士谢苗找到他，乞求道："来帮助我吧，印度国王把我击败了。"

然而此时的塔拉斯脸色苍白。

"我已经两天没有吃东西了。"他说。

十一

此时的老魔鬼已经摧毁了两兄弟，接下来就是伊万了。老魔鬼将自己装扮成一个将军，试图说服伊万为自己的国家打造一支军队。

"一位国王怎么可以没有一支军队呢？"他劝说道，"下一道诏令吧，我会从王国的年轻人中征兵，为你组建一支军队。"

伊万接受了他的提议。

"行啊,"他说道,"那就为我组建一支军队吧,记得教他们演奏好听的音乐——我喜欢这样。"

于是老魔鬼开始在王国上下寻找志愿者。他告诉人们,凡是愿意参军,并同意将头发剃掉的人,都可以得到一瓶伏特加和一顶红帽子。

傻瓜们纷纷嘲笑他:"我们有各式各样的美酒,还可以自己酿酒。至于帽子,不管我们想要什么样的帽子,我们的妻子都会为我们缝制的——即使是杂色的、带有流苏的帽子也不在话下。"

没有人愿意加入军队。老魔鬼找到伊万,说道:"你的傻瓜们都不愿意加入,你必须得强制他们参军。"

"好吧,"伊万说道,"那就强制他们参军吧。"

于是老魔鬼宣布,所有人都必须登记参军——如果有谁违抗命令,伊万就会杀了他们。

傻瓜们找到将军,说道:"你说如果我们不参军,国王就会杀了我们。但是你没有告诉我们一个士兵应该做些什么。人们都说,士兵是会被杀死的。"

"是的,这是没办法避免的。"

傻瓜们听到这样的回答后，顿时变得固执起来。

"那么我们都不会去。"他们说，"如果这些都是真的，那我们情愿死在家里。反正死亡终究会到来的。"

"你们真是愚蠢！"老魔鬼说，"一个士兵也许会死掉，也许会活下来。但如果你们不参军的话，国王伊万是一定会把你们杀死的。"

傻瓜们想了想他的话，去见了傻瓜伊万。

"你的将军来过。"他们说，"他告诉我们，所有人都必须要参军。他还说，如果我们成为士兵，我们有可能死掉，也有可能活下来；但如果我们不愿成为士兵，国王伊万一定会把我们杀死。这话是真的吗？"

伊万哈哈大笑起来。

"我独自一人，怎么可能将你们所有人都杀死呢？如果我不是傻瓜，我就可以把所有事都解释给你们听——但就连我也不明白我自己。"

"如果是这样的话，"傻瓜们说，"那么我们不会去当士兵的。"

"行啊，"伊万说道，"那就不要当士兵。"

于是傻瓜们拒绝了将军征兵的计划。老魔鬼发现自己没能成功，便找上了蟑螂土地之王，成了他的座上宾。

"我们出征吧，"他说，"对国王伊万发动战争，一鼓作气击败他。虽然他没有钱，但是他有很多的粮食、很多头牛，还有很多各式各样的东西。"

于是蟑螂土地之王发动了战争——他组建了一支庞大的军队，搜集了很多枪支炮弹，离开自己的国土，前往伊万的王国。

人们来到伊万面前说："蟑螂土地之王要来和我们打仗了。"

"行啊，"他说道，"让他来吧。"

蟑螂土地之王跨过边境后，派出了精英部队去寻找伊万的军队——他们四处搜寻，却怎么也找不到。他们认为，也许应该等待敌军的出现。然而，他们却始终没有得到任何关于敌军的消息——毕竟这里根本就没有要和他们交战的军队。

于是，蟑螂土地之王派自己的士兵去占领村庄。当士兵们来到一个村庄时，傻瓜们纷纷跳了出来，好奇地看着他们。士兵们开始拿走粮食和牛——傻瓜们将所有东西都拱手让人，没有人抵抗。他们来到下一个村庄时，情况依然如此。就这样，士兵们行进了一两天，所到之处皆是一模一样的情景——傻瓜们放弃了他们所拥有的一切，没有人抵抗，他们还邀请士兵们进屋，和他们一起生活。

"亲爱的旅人们，"他们说道，"如果你们在自己的国家没有办法生存，那么来加入我们吧。"

士兵们走啊走，但依然没有找到任何军队——所到之处的人们都平和地生活着，他们自给自足，没有一个人反抗，反而都邀请士兵们和他们一起生活。

士兵们觉得非常乏味，他们回到军队中，向蟑螂土地之王汇报道："我们没法在这里战斗，请带我们去别的地方吧。在别处，战斗会是一件令人热血沸腾的事。但在这里，我们仿佛正用刀去砍一碗汤，我们实在没法在这里战斗。"

蟑螂土地之王非常愤怒,他命令士兵们行军穿过整个王国,并且摧毁所到之处的一切村庄房屋,烧毁所有的粮食,杀掉所有的耕牛。

"如果你们不遵守我的命令,"他说道,"我就把你们都杀了。"

士兵们吓坏了,只好依照国王的命令行事。他们开始烧毁房屋和谷物,杀掉耕牛。然而傻瓜们依然没有反抗,只是哭泣——年迈的男人哭泣,年迈的妇女哭泣,小孩子也在哭泣。

"你们为什么要这么伤害我们?你们为什么要糟蹋粮食?如果你们想得到这些东西,拿走就是了!"

士兵们羞愧难当——他们无法再向前行进,整个军队都因此而土崩瓦解了。

十二

老魔鬼离开了,他没能用士兵摧毁伊万。于是他将自己乔装成一位衣冠楚楚的绅士,回到了伊万的王国——他希望这次可以用钱摧毁伊万,就像他对付大肚子塔拉斯那样。

"我想来帮助您,"他对伊万说,"我会教给您什么是正确且有利的。我会在您的王国建起一栋房子,并且做我的生意。"

"行啊,"伊万说道,"那就留下来吧。"

于是,这位衣冠楚楚的绅士留下来过了一晚。第二天一大早,他便带着一大包金子和一张纸来到广场,开始发表演讲。

"你们所有人正过着如肉猪一般的生活。我会告诉你们,人究竟该如何生活。按照这张图纸为我建一座房子吧!如果你们肯为我工作,我不仅会向你们传授生活之道,还会支付金子作为

你们的报酬。"

然后他就向人们展示了他所拥有的金子。傻瓜们既惊讶又好奇——他们从来没有见过钱，互相之间都是物物交换，或者用劳作来支付。于是他们惊奇地盯着金子说："这可是好东西啊。"

为了获得金子，傻瓜们开始替商人劳作，用自己的所有物换取金子。老魔鬼对此非常开心，他心想："我的任务进行得很顺利。现在是时候彻底摧毁伊万了——就像我摧毁大肚子塔拉斯那样。我会把他所拥有的一切都买走，什么都不剩。"

傻瓜们将得到的金子交给他们的妻子当作项链，让他们的女儿编进头发里作为头饰，孩子们开始拿着这些亮闪闪的东西在街上玩耍。不过，在得到足够的金子后，他们就不想再获得更多了——然而绅士的房子连一半都没完工，他也没有得到足以支撑一整年的谷物和奶牛。绅士再度要求人们为自己工作——运送谷物，送来奶牛——并承诺会为这些物资和相应的劳作支付更多的金子。

然而，没有人来为他工作，也没有人为他带来任何物资，只有小孩子偶尔跑来用鸡蛋换一枚金币——除此之外没有任何人来，他也因此没有任何粮食了。衣冠楚楚的绅士饥饿难耐，他决定去村庄里买些东西来吃。当他来到一块田地旁，提出用一枚金币换一只鸡时，农妇却不愿意接受。

"我已经有太多的金子了。"她说道。

绅士只好来到一个无家可归的女人面前,想用一枚金币买她的鲱鱼。

"亲爱的绅士,我不想要这枚金币,"她说道,"我没有孩子,所以没有谁可以用这枚金币来玩耍,我自己也已经有三枚金币了。"

他又找到农民想买些面包,但同样,农民也不想要这些钱。

"我不想要它,"他说,"如果你需要面包的话,看在上帝的分上,我让我妻子给你切一片来。"

老魔鬼啐了一口,从农民身边跑开了。他不仅不会收取任何与上帝有关的事物,就连听见这个词,都会让他比被刀砍还要难受。

就这样,他没有得到任何面包。无论他去哪里,情况都是一样的——傻瓜们愿意提供绅士想要的任何东西,却不想换取金子。他们说:"给我们带点别的东西来吧,或者来这里用劳作交换,又或者看在上帝的分上拿走吧!"

但老魔鬼除了金子之外一无所有——他不喜欢劳作，也不会白白拿走任何与上帝有关的东西。最终，这个老魔鬼变得气急败坏。

"有了钱，你们还有什么得不到的呢？你们可以用钱买到任何东西，或者雇劳工。"

傻瓜们却不予理会。

"不，"他们说，"我们不想要。我们不需要缴税，也不需要付工资，钱对我们来说能有什么用呢？"

老魔鬼只好空着肚子上床睡觉。

这件事传到了伊万的耳朵里，傻瓜们前去询问道："我们应该怎么办呢？一位衣冠楚楚的绅士出现在我们的生活里——他喜好吃喝，却不愿意劳作，只会向我们提供金子。刚开始我们没有金子，便拿着所有的东西去跟他换，但现在我们已经有了足够的金子，也不打算再和他换取更多了。我们应该怎么对他呢？我们很担心他会因此一直挨饿。"

伊万仔细地听着他们说的话。

"好吧，"他说道，"我们确实应该养活他。就让他像牧羊人一样，每次都去不同的农场吃饭吧！"

老魔鬼没有办法，只好去不同的农场吃饭。这天轮到伊万的农场了。老魔鬼来吃晚饭，玛拉尼亚正在做饭——曾经有一些懒惰的人欺骗过她，他们会在早些时候来吃晚饭，吃光所有的粥，却不曾付出任何劳动。于是玛拉尼亚想出了一个通过手掌来辨别这些无用之人的方法：如果一个人的手上有茧子，那么他们就会被安排上餐桌吃饭，否则就只能吃剩饭。

老魔鬼坐到了餐桌后面，玛拉尼亚抓起他的手，却没有发现任何茧子——他的手干净且光滑，还留着长指甲。于是她愤怒地将老魔鬼从桌子后面拽了出来。

伊万的妻子对他说："别误会，干净的绅士，我的小姑子从不让手上没茧子的人上餐桌吃饭。请稍等一会儿，让其他人先吃完，剩下的就都是你的了。"

老魔鬼觉得备受侮辱——在国王伊万的家里，他竟然要吃猪食。他对伊万抱怨道："'让所有人都必须用双手劳作'是这个国家多么不可理喻的一条法律

啊!一定是你们的愚蠢才让它得以诞生。难道人只能用双手劳作吗?你让聪明的人该如何生活呢?"

伊万却回答道:"我们傻瓜怎么会知道呢?我们中的大部分都是用双手和脊背来劳作的。"

"那是因为你们都是傻瓜。我会教给你们的。"老魔鬼说,"如果你开始用脑子工作,你就会发现,用脑子工作会比用手工作更快更有效。"

伊万惊讶万分。

"确实如此，"他说，"我们被称为傻瓜是有原因的。"

"但是用脑子工作并不简单。"老魔鬼补充道，"你们没有给我饭吃，仅仅是因为我手上没有茧子。但你们不知道，脑力劳动要比体力劳动难上一百倍——有时候它甚至会让脑袋裂开。"

伊万陷入了沉思。

"但是亲爱的朋友，你为什么要这样折磨自己呢？脑袋裂开可不是什么小事，你最好还是用你的双手和脊背做一些简单的工作。"

老魔鬼愤愤地说："我之所以折磨自己，是因为我可怜你们这些傻瓜。如果我不折磨自己，你们一辈子都只会是傻瓜。我一直用我的脑子工作，现在我也可以把这个技能教给你们。"

伊万很惊喜。

"快教给我们吧！"他说道，"我们的双手时不时会感到疲惫，用脑子来代替也是个不错的办法。"

老魔鬼承诺会教他。于是伊万举国通知：一位衣冠楚楚的绅士来到了他的王国，并且愿意将如何用脑子工作的办法传授给大家，这样大家就可以用脑力劳动来代替体力劳动。所以大家都应该来参加学习。

在伊万的王国里有一座高塔，塔上有楼梯直通向顶部，塔顶有一间监视屋。伊万为了能让绅士看得更清楚，便带着他来到这里。绅士站上塔顶开始发表演讲，傻瓜们为了看他而聚集在高塔下——他们以为，绅士会用行动来展示脑力劳动是如何代替体力劳动的。然而，老魔鬼只是在反复强调该如何过上不劳而获的生活。

傻瓜们一个字也听不懂。他们看了一会儿，就各自散开回去劳作了。

老魔鬼在塔顶站了一天又一天，他一直在发表演讲。他想吃饭，但傻瓜们却根本意识不到要给他送一点面包——他们认为，如果绅士可以用脑子更好地工作，那么他应该也可以用自己的脑力劳动换取一些面包。老魔鬼又在塔顶的房间里站了一天，讲了一天，人们前来看了看他，没一会儿又都离开了。

伊万问道："这位绅士开始用他的脑子工作了吗？"

"还没有呢，"人们说道，"他依旧在胡言乱语。"

终于，当老魔鬼在塔顶站到第四天时，他开始变得虚弱——他踉踉跄跄地一头撞在了栏杆上。有一个傻瓜看见了这一幕，告诉了伊万的妻子，于是她赶向田间，和伊万分享了这一消息。

"来吧，让我们去看看，"她说，"这位绅士开始用他的脑子工作了。"

伊万非常吃惊。

"真的吗？"他说完便立刻骑马向高塔前进。当他来到高塔时，老魔鬼已经因为饥饿而虚弱不堪，他步伐踉跄，脑袋不停地撞到柱子上。就在伊万来到塔顶的时候，老魔鬼摔倒了，头朝下从楼梯上滚了下去——至少他数清了所有的台阶。

"好吧，"伊万说道，"这位衣冠楚楚的绅士确实说出了脑袋会爆炸的真相。这可比茧子糟糕多了——

这样工作会让头上长满大包的。"

老魔鬼一路从楼梯上摔下来,脑袋重重地磕在地上。伊万想要过去,看看他做了多少工作,地面却在此时突然裂开,老魔鬼遁入地底,只留下了一个洞。

伊万挠了挠头。

"我宣布,"他说道,"这是不洁之物!又是他,他一定是其他魔鬼的父亲。这是个多么大的家伙啊!"

此后,伊万仍然平静地生活着。所有人都涌进了他的王国——包括他的哥哥们。伊万养活着所有人,不管谁来说:"给我点吃的吧!"他都会说:"行啊,就留在这里吧。我们这里应有尽有。"

唯有一个惯例不曾改变:只有手上有茧子的人,才可以上餐桌吃饭,否则就只能等着吃别人的剩饭。

高加索的俘虏

一

一位贵族青年在高加索地区担任军官,他的名字叫芝林。这天他收到了一封家书,他的母亲在信中写道:

> 我已经老了,希望能在去世前见见我亲爱的儿子。回家和我告别吧,埋葬我之后,再回去继续服役。我还为你寻得了一个妻子,她聪明漂亮,还有自己的土地。如果你对她也有意,就可以和她完婚,留下来好好生活。

芝林心想:"是啊,母亲的身体日渐虚弱,也许我再也没有机会见她一面了,我必须回去。如果那个新娘是一个好姑娘,我会和她结婚的。"

他找到上校告假,向同伴们道别,并且用四大桶伏特加招待了自己的士兵。完成这一切后,芝林就准备启程回家了。

那时的高加索正在打仗,无论白天还是晚上,行路都不算安全。假如一个俄国人离开了要塞——无论是走路还是开车——他要么会被鞑靼人杀掉,要么会被绑到山上。因此,负责护送的士兵每周会在各要塞之间往返两次。队伍前后都有士兵,普通人则被保护在中间。

时值盛夏,天刚亮,马车已聚集在要塞外,负责保驾护航的士兵整装待发。芝林骑在马上,装着行李的车子排在长长的车队里。

他们需要走二十五俄里[①]。领头的马车行进得很慢——一开始是士兵们停下来休息,接下来是马车的轮子掉了,再后来马又停住了。所有人都必须在原地

---

① 俄里:旧时俄制长度单位,1 俄里约等于 1.07 公里。

等待。

半天过去了,马车仅仅走完了一半的路程。天气干燥炎热,他们在毒辣的太阳下暴晒着,附近也没有能够躲避的阴凉处——这是一片荒芜的平原,一路上都没有树木或草丛。

芝林骑着马遥遥领先,他停下来等着马车赶上,随后便听见号角声从后方传来——队伍又一次停下了。他心想:"我为何不摆脱那些士兵,自己骑马上路呢?我有一匹好马,即使碰见了鞑靼人,也可以策马逃跑……到底要不要自己走呢?"

于是他停下来,开始仔细思考。这时,另一位配枪的军官考斯特林骑着马来到他的身边。

"芝林,我们一起骑马上路吧!我实在受不了了!我饿得要死,而且这里实在是太热了,我的衬衫简直可以拧出水来。"

考斯特林是一个身材高大的胖子,此刻他的脸被晒得通红,汗珠从脸上不停滚落。芝林想了想,问道:"你的枪都上膛了吗?"

"当然。"

"好吧,我们这就出发。但有一个条件,就是我们不能分开。"

就这样,他们骑马穿过茫茫草原,二人一边交谈,一边环顾四周——可以看到,还有很远的路要走。

草原的尽头是一条两座大山之间的狭窄小路。芝林说:"我们应该骑马上山观察一下环境。毕竟走在这条路上,鞑靼人可以轻易发现我们,而我们根本察觉不到他们的存在。"

考斯特林却说:"光看有什么用?还是快马加鞭穿过这里吧!"

芝林不理会他毛毛躁躁的反应。

"不行,"他说道,"你在山下等着,我去山上看看。"

他说着掉转马头,从左边向山上跑去。芝林的马是一匹纯种赛马(当初他以一百卢布的价格买下了还是马驹的它,并亲自训练),它以长了翅膀一样的速度驮着他向斜坡上方前进。就在芝林登上山顶的一瞬间,大约在一百五十米开外的地方,他看到了一群骑着马的鞑靼人——大约有三十多个。芝林立刻掉转马头，但鞑靼人发现了他，向他疾驰赶来，并纷纷从枪套里掏出了猎枪。芝林策马飞奔，并朝考斯特林大喊道："快把枪拿出来！"同时，他在心中对自己的马默默说道："亲爱的朋友，快带我离开这里！千万不要摔倒！如果你摔倒我就完了。如果我能拿到枪，我就不怕他们了。"

然而考斯特林在看见鞑靼人的一瞬间，不仅没有等待芝林，还朝着前方的要塞全力飞奔而去——他用鞭子拼命抽打着马腹，扬起的土里只能看见不停摇摆的马尾。

芝林意识到情况非常糟糕——带枪的人逃跑了，而一把剑根本无济于事。于是他掉转马头，想逃回护送的队伍里，然而六个鞑靼人正拦截在他的必经之路上。尽管他有一匹好马，但是鞑靼人的马更好，他们已经拦住了他的去路。他想掉转方向，但此时马正在全速奔跑，根本停不下来，就这样径直向那群人冲了过去。只见一个留着红胡子的鞑靼人骑着一匹灰马，

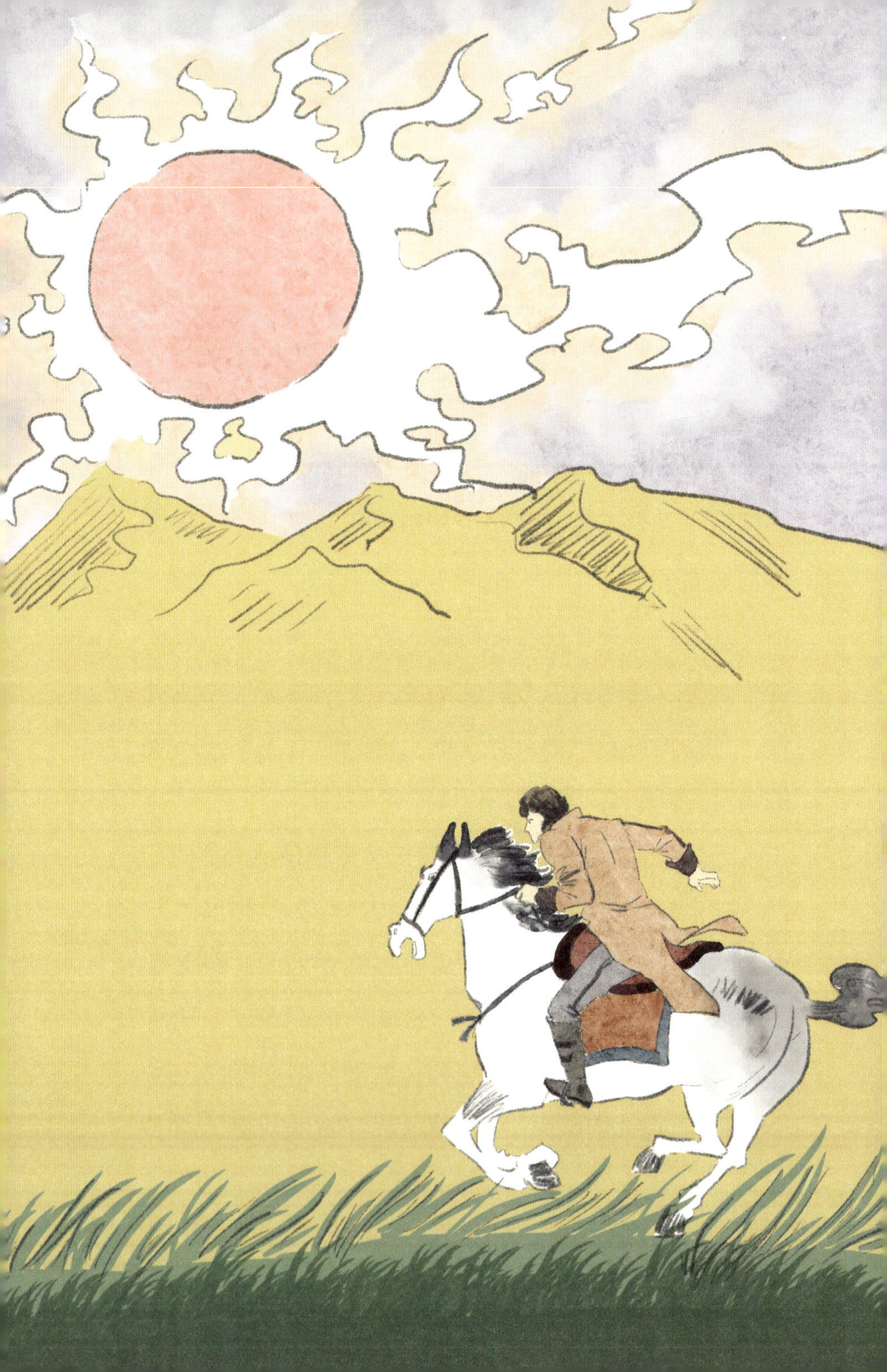

朝芝林的方向逼近。他龇着牙大声咆哮，并且把枪抵在了肩膀上。

"好吧，"芝林想，"我知道你们这些魔鬼的德行。但凡抓到一个活人，你们就会把他关进洞里，用鞭子抽打他。我绝不会让你们俘虏我的！"

芝林尽管个头不高，却很有胆气。他抽出佩剑，掉转马头直面鞑靼人，心想："即使不能把他从马背上掀下来，也要用我的剑给这个鞑靼人狠狠来上几下！"

就在芝林离那个鞑靼人只有一匹马的距离时，有人从背后开枪击中了他的马，马猛地摔倒在地上，压住了他的腿。芝林想站起来，但两个臭气熏天的鞑靼人已经跨坐在他身上。他挣扎着将他们拽倒在地，但很快又有三个鞑靼人从马上跳了下来，用枪柄打他的头。芝林的眼前逐渐变得模糊，他开始踉跄起来。鞑靼人抓住了他，从马鞍上拿来了一些备用的肚带，将他的手反绑在背后，用鞑靼结将他紧紧地捆在马鞍边。他们踢掉他的帽子，夺去他的靴子，将他全身上下搜刮了个遍——他的钱和手表都被抢走了，衣服也被撕坏了。

芝林看向他身后的马——这可怜的动物躺在地上不住地抽搐着，姿势仍和它摔倒时一样。暗红色的血从它头上的洞里汩汩流出，浸透了周围的土地。

一个鞑靼人走到马跟前，扯下了马鞍，它还在挣扎，于是鞑靼人拔出刀割破了它的喉咙——一声尖啸从喉咙间传来，马抽搐了几下，断气了。

鞑靼人拿走了马鞍和马具。红胡子骑上了自己的马，另一个人将芝林放到身后，又用绳子把他绑在自己的腰带上，防止他摔下去。然后，这群人就骑着马向山上跑去。

芝林坐在那个鞑靼人身后，身子被颠得不停晃动，脸也不断撞向鞑靼人的背部。他只能看见一个宽大的后背、肌肉发达的脖子，以及帽子下剃光的青色的后脑勺。芝林的头被打破了，血淌到了眼睛上，他既没法在马背上坐直，也不能去擦血——因为他的胳膊被扭曲地绑着，肩膀也因此疼痛不已。

他们行进了很久，穿梭在山与山之间，涉过河流，来到一条小路上，又穿过了整座峡谷。芝林想要记下他们经过的所有地方，但他的眼睛已经被血糊住了，并且他也无法转身。

天色逐渐暗了下来，在又涉过了一条河流后，一行人登上了一座崎岖难行的石山。这里有缭绕的炊烟，狗也开始吠叫起来。他们回到了自己的村子，鞑靼人纷纷从马上跃下，男孩们都围在芝林身边，兴奋地尖叫着，并朝他身上扔石头。

鞑靼人赶走了男孩们，把芝林从马上拽了下来，并召唤了仆人。只见一个颧骨很高的诺盖人走上前——他只穿着一件破破烂烂的衬衫，那件衣服甚至遮不住他的胸膛。鞑靼人吩咐了几句话，仆人便拿来了一对镣铐——两块橡木板上装有铁环，其中一个铁环上有扣环和锁。

他们解开芝林被绑住的手，将镣铐戴在他身上，又把他领到一间棚子前，推他进去并锁上了门。芝林摔倒在粪肥堆上，他摸黑找到了一个相对软和的地方，躺了下来。

二

　　这一晚，芝林几乎没有合眼。夜晚很短，他从棚子的缝隙中看到天色逐渐亮了起来，于是他起身将那个缝隙弄得更大了些，向外面看去。

　　通过缝隙，芝林看见了一条路——那是一条下山的路，就在鞑靼人的棚屋右侧，旁边还有两棵树。一条黑狗躺在门槛上，一头母羊正带着自己的孩子在附近昂首阔步地徘徊，羊羔的尾巴还在摆来摆去。他看到一个年轻的鞑靼女人从坡上走下来，穿着松松垮垮的花衬衫，下面是长裤和靴子，头上裹着一件长袍，顶着一个装满水的大铝罐。她走路的时候背部轻轻抖动，微弓着腰，手边牵着一个只穿着衬衣的光头小男孩。她顶着水走进了棚屋，昨天那个红胡子鞑靼人走了出来，他穿着一件丝绸马甲，腰间皮带上绑着一把银制匕首，赤脚蹬着鞋子，头上歪戴着一顶高高的黑色羊皮帽。他走到门外，伸了个懒腰，开始梳理他红色的胡子，随后又站了一会儿，给仆人吩咐了几句话便走开了。

之后，有两个男孩骑着马经过——他们带马去喝水了，马的嘴套湿漉漉的。又过了一会儿，跑来一群只穿着衬衫，没穿裤子的光头小男孩，他们聚作一团跑到棚子跟前，捡起地上的树枝，顺着缝隙向里面捅。芝林对着孩子们喊了几声，他们便尖叫着逃走了，只看见那些光溜溜的膝盖在阳光下一闪一闪。

芝林的喉咙十分干涩，他想喝水。"要是有个人能来这里看看就好了！"他心想。这时，他听到有人打开了棚子的门。红胡子走了进来，身边还跟着一个

肤色黝黑、身材矮小的男人。他的眼睛又黑又亮，面色红润，胡子也是精心修剪过的。他看起来很开心，一直都在哈哈大笑。这个皮肤黝黑的男人衣着更加华丽，蓝色的丝绸马甲上绲着金边，腰间别着一把硕大的银制匕首，上等羊皮制成的红拖鞋上也绲着银边。他还在单薄的拖鞋外穿了一双更加厚重的鞋子，头上戴着一顶白色羊羔皮制成的高帽。

红胡子走了进来，责骂似的说了些什么，然后又停了下来，靠在门柱上，手里把玩着匕首，像只狼一样偷偷地注视着芝林。那个黝黑的男人正精力充沛地快步走来走去——好像浑身装了发条一般。他径直走向芝林，蹲了下来，咧嘴笑着，然后在芝林的肩上拍了拍，开始用鞑靼语连珠炮似的说了一段话。他眨了眨眼睛，弹着舌头，不停地重复道："格鲁特乌鲁斯！格鲁特乌鲁斯！"

芝林什么也听不懂，便开口说："给我水！给我水喝！"

黝黑男人哈哈大笑道："格鲁特乌鲁斯！"然后又

开始用鞑靼语喋喋不休起来。

　　芝林只好用手和嘴向他比画着讨水喝。黝黑男人终于明白了他想要什么，他笑了笑，朝门边望去，大声喊道："迪安娜！"

　　一个单薄瘦削的小女孩走了进来，她看起来十三岁左右，和黝黑男人长得很像，显然是他的女儿。她的眼睛同样又黑又亮，脸蛋生得很漂亮，身上穿着一件长长的蓝色衬衫——袖子很宽大，并且没有系腰带，衬衣下摆、胸口和袖子都有红色镶边。下身是长裤和袜子，袜子外穿着高跟鞋。她的脖子上戴着由俄国的半卢布银币串成的项链，头上没有戴帽子，黑色的辫子里扎着一条丝带，丝带上挂着一些小装饰和俄国卢布。

　　她的父亲对她吩咐了几句，随后她便跑开，又带着一小罐水回来了。她把水递给芝林，然后蹲了下来，弓着腰，直到膝头耸得比肩膀还高。她就这样蹲着，直勾勾地盯着芝林喝水，就好像是在看着什么动物一样。

芝林将手中的水罐递还给她,她猛地像一只野山羊般跳开,连她父亲也被逗得哈哈大笑。他又让女孩去做其他事,于是她拿着水罐跑开了。过了一会儿,她在一块圆木板上放了一些面包,随后又一次蹲在地上,直勾勾地盯着芝林看。

两个鞑靼男人锁上门后便离开了。过了一会儿，那个诺盖人来到了芝林面前，说："阿依达，主人，阿依达！"

这个人也听不懂俄语，芝林大约明白，这是在叫自己跟着他到什么地方去。于是他拖着脚镣，一瘸一拐地走着——脚镣总是让他的腿往一边歪。他和诺盖人一起来到了外面，这个鞑靼村寨里大概有十户人家，还有一座寺庙，寺庙上方有一座尖尖的小塔。在一户人家的门前，有三匹已经装好鞍具的马，男孩们正牵着缰绳。只见那个黝黑男人从房子里钻了出来，冲着芝林挥手，示意他过来，还笑着用鞑靼语说了些什么，随后又回到房子里去了。

芝林走进房子里，这是一间很好的主屋。墙壁用黏土抹得很平整，前方的墙边摆放了一排色彩鲜艳的软枕，两边的墙上挂着华丽的毛毯，毯子上挂着猎枪、手枪和剑——都是镶银的。在一面墙边有一个和地面齐平的小暖炕，地面是土地，但是打磨得十分平整干净，前面的墙角都铺满了毛毡，毛毡上铺着地毯，地毯上放着软枕。鞑靼人都脱去了鞋子，只穿着拖鞋坐在地毯上——一个是黝黑男人，一个是那个红胡子，还有三位客人。他们背靠着羽毛软枕，面前的圆木板上放着米饼和一碗化开的黄油，以及一小罐被叫作"不扎"的鞑靼啤酒。他们徒手吃着眼前的食物，每个人的手也因此而变得油腻。

黝黑男人站起来，让芝林坐在另一边——不是坐在地毯上，而是坐在地面上。然后，他便走回自己的毯子上，邀请他的客人们继续吃米饼，喝不扎。仆人让芝林坐好，之后便脱掉了自己的鞋子，放在门口堆鞋子的地方，并在主人身边的毛毡上坐下，一边看着大家吃饭，一边抹去自己的口水。

鞑靼人吃完米饼后，一个穿着衬衫的鞑靼女人收走了桌子上的黄油和米饼，端来了精致的小水盆和窄颈的水壶——她的衬衫和之前那个小女孩的衬衫很相似，下身穿着长裤，头上包着头巾。鞑靼人洗净手后，双手合十跪了下来，朝四个方向吹气，并念起了祷告词。随后，一个鞑靼人转过脸看着芝林，用俄语对他说起话来。

"你，是被卡基·穆罕默德捉来的。"只见他指了指那个红胡子鞑靼人，"他将你送给了阿卜杜勒·穆拉特。"他又指向了那个黝黑男人，"从现在开始，阿卜杜勒·穆拉特就是你的主人了。"

芝林保持着沉默，随后阿卜杜勒·穆拉特开始说话。他指着芝林哈哈大笑，同时不停地重复道："士兵乌鲁斯！格鲁特乌鲁斯！"

那个人翻译道："他让你给家里写一封讨要赎金的信。只要他收到钱，你就自由了。"

芝林想了想，问道："他想要多少？"

"三千卢布。"

"不可能，"芝林说，"我付不起那么多。"

阿卜杜勒跳了起来，一边挥舞着手一边对芝林说些什么——他总是觉得芝林可以理解他的意思。那个人翻译道："那么你可以付多少钱？"

芝林想了想，说道："五百卢布。"

此时，这群鞑靼人开始各抒己见。阿卜杜勒冲着红胡子大喊，他非常激动，唾沫都从嘴里飞了出来，但红胡子只是眯着眼睛，不住地弹着舌头。

良久，他们沉默下来。那人翻译道："你的主人对于五百卢布是不满意的。他花了两百卢布才买下你。卡基·穆罕默德欠他一笔钱，于是用你来还债了。三千卢布，一点也不能少。如果你不愿意写信，他们就会把你关进地洞里，用鞭子抽打你。"

"哦，"芝林心想，"我不能表现出我很害怕，那只会让情况更糟糕。"

于是他站起来说："告诉他，如果他要恐吓我，那么我一毛钱也不会出，也不会写下一个字。我从来都没有怕过你们，以后也不会！"

那人将芝林的话翻译过去，所有人又七嘴八舌地争论起来。他们争论了很久，直到那个黝黑男人站起来，走到芝林面前。

"乌鲁斯，"他说道，"齐济特，齐济特乌鲁斯！"

"齐济特"在鞑靼语中就是"勇士"的意思。黝黑男人笑着对翻译说了些什么，然后翻译说："那就出一千卢布。"

芝林却坚持自己说过的话："五百卢布，多一个子儿也没有。如果你们杀了我，就什么都得不到。"

鞑靼人将仆人打发了出去，再度讨论起来。他们一会儿看看芝林，一会儿看看门口。片刻后，仆人回来了，他身后跟着一个衣衫褴褛的胖子——他赤着脚，同样戴着脚镣。

芝林忍不住惊呼，因为他认出这个人正是考斯特林，他也被抓了。两个人被放在一起，他们开始交谈，鞑靼人一言不发地看着他们。芝林告诉了他自己的遭遇，考斯特林说，当时他的马停了下来，而他的枪也卡壳了，因此阿卜杜勒追上并捉住了他。

阿卜杜勒跳出来，指着考斯特林说了些什么。翻译说，现在他们两个都归同一个主人所有，谁先上交赎金，谁就能先被释放。

"你，"他说道，"是一个冲动易怒的人，而你的朋友是一个温顺听话的人。他已经写了信，让他的家人寄来五千卢布。因此他会被照顾得很好，不会有人欺辱他。"

芝林说:"我的朋友可以做任何他想做的事。也许他很富有,但我不是。就像我之前说的那样,你们要杀就杀,但是你们不会因此得到任何东西——我不会给出多于五百卢布的赎金。"

场面鸦雀无声,突然,阿卜杜勒站了出来,拿来一个小盒子,从中取出纸笔和墨水,放在了芝林的面前,然后拍了拍他的肩膀,示意他开始写信。他同意只要五百卢布。

"等等,"芝林对着翻译说,"告诉他,他必须要给我们吃些像样的食物,给我们得体的衣服和鞋子,并且让我们待在一起——这会让我们很高兴的——还要撤掉我们的脚镣。"

芝林说完,看着阿卜杜勒笑了笑,阿卜杜勒也笑了起来。听完了翻译的话后,他说道:"我会给你最好的衣服——切尔克斯式的披风和鞋子会非常适合你,简直可以当新郎官。我们会像招待王子一样招待你。如果你们想待在一起的话,你们可以住在那个棚子里。但脚镣是不可能取下来的，否则你们就会逃跑。不过我可以让你们在夜晚不用戴着脚镣。"

他又来到芝林面前，拍了拍他的肩膀，说："你好，我也好！"

芝林写好了信，但他故意写了错误的地址——他相信自己可以逃走。

芝林和考斯特林一起被带回了棚子里，鞑靼人给他们送来了玉米秆、装满水的壶、面包、两件旧披风和两双破军靴。看得出，这些都是从死去的士兵身上扒下来的。到了晚上，他们的脚镣被如约取了下来，棚子的门被紧紧锁住。

三

就这样，芝林和他的同伴在这里生活了整整一个月。他们的主人总是在大笑。

"你，伊万[①]，好，我，阿卜杜勒，好！"

---

① 伊万是最常见的俄国男性名字，鞑靼人以此来称呼芝林。

但是他们吃得并不好，鞑靼人只给他们没有加盐的干米饼吃——米饼烤得和硬邦邦的烙饼一样，有时干脆就是没有烤过的生面团。

考斯特林又给家里写了第二封信，他一直在期盼着赎金到来。他整天都闷闷不乐，一连数天都只是坐在棚子里计算信件送到的日子，再不然就是睡觉。但芝林知道，没有人会收到自己写的信，因此他也没有再写过。

他心想："我母亲能从哪儿弄来这么一大笔钱呢？她一直靠着我寄去的钱生活，让她凑齐五百卢布，简直就是要毁了她。如果上帝保佑的话，我一定会从这里逃走的。"

他仔细观察着一切，思索逃跑的对策。有时，他吹着口哨在村子里散步；有时，他会坐下来制作一些东西——要么用黏土做泥人，要么就用树枝搭篱笆。芝林在手艺活方面非常优秀。

有一天，他做了一个有鼻子、有手脚，还穿着鞑靼衣服的泥人，然后把它放在了屋顶上。鞑靼少女们正要外出去找水。他主人的女儿迪安娜看见了泥人后,就叫来了其他女孩。她们放下了水罐,看着泥人,开心地笑起来。芝林从房顶上把泥人拿下来送给她们,她们笑着,却不敢接过来。芝林便把泥人留在原地,自己回到棚子里观望,想看看她们会怎么做。

只见迪安娜跑上前,四下看了看,便一把抓过泥人跑开了。

第二天一早，他看到迪安娜抱着泥人站在屋子门前——她用红色的布为泥人做了衣服，并像哄小宝宝一样轻晃着它，对它唱着摇篮曲。这时，一个老妇人走了出来，她责骂了迪安娜，并一把从她手里抢过泥人狠狠摔在地上，然后撵她去干活。于是，芝林又做了一个比之前更好的泥人，把它送给了迪安娜。

　　有一天，迪安娜给他带来了一个小水壶。她把水壶放下，然后坐在地上看着他，指着水壶笑了起来。

　　"是什么让她这么开心？"芝林想着，拿过水壶喝了起来。他以为里面是水，没想到竟然是牛奶。他喝光了牛奶后说："真好喝！"

　　迪安娜非常开心。

　　"好，伊万，好！"她跳起来拍了拍手，拿着水壶跑开了。

　　从那时起，迪安娜每天都会偷偷给他送牛奶。有时鞑靼人会用山羊奶做些奶酥饼，然后放在屋顶晒干，于是迪安娜也会给他带来一些奶酥饼。有一天，他的主人杀了一只羊，她便将一块羊肉藏在袖子里偷偷带过来，扔下就跑了。

这天，一场很严重的暴风雨袭来，倾盆大雨足足持续了一个小时，所有河流都变得浑浊了。浅滩的水涨到八英尺①深，石头也都被冲了下来。洪水冲击着整个村寨，山间也传来阵阵咆哮。当暴风雨终于过去时，村子里到处都河水泛滥。芝林从主人那里讨来了一把小刀，削出了一个小轴和一块小木板，做成了一个轮子，然后在轮子两端装了泥人。

女孩们给他带去了各种各样的布片，于是他为泥人好好打扮了一番：一个穿着男装，另一个穿着女装。他将它们固定好后放在了水面上，当轮子转动时，泥人开始跳起舞来。

整个村庄的人都跑过来围观——男孩、女孩、男人、女人都来了，他们啧啧称奇道：

"啊哟，乌鲁斯！啊哟，伊万！"

阿卜杜勒有一只俄国表，但它已经坏掉了。于是

---

① 1英尺等于30.48厘米。

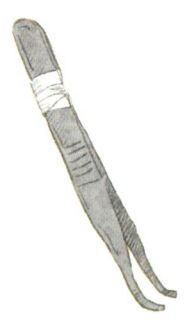

他叫来了芝林,并把表给他看,随后弹了弹舌头。芝林说:"交给我吧,我能修好它。"他用小刀将表拆开,然后又把零件组装在一起,把它还给了阿卜杜勒——手表重新开始转动了。

主人十分开心,于是把自己破破烂烂的旧外套当作礼物送给了芝林。芝林也只好收下——至少可以在夜晚把它盖在身上。

从那之后,关于"芝林曾经是一位工匠大师"的流言不胫而走,外村的人也开始前来拜访他——有人让他帮忙修长枪的扳机或者手枪,有人让他帮忙修钟表。他的主人为他提供了各式各样的工具:钳子、丝锥还有锉刀。

某天,一个鞑靼人生病了,他们派芝林前去,并对他说:"去治好他!"然而芝林对于医药一窍不通。他去看了看这个鞑靼人,心想:"也许他会自己痊愈的。"于是他在棚子里取了些水和沙土，将它们混合在一起，在那群鞑靼人的注视下对着水念了一段咒语，然后递给病人并让他喝下。幸运的是，那个鞑靼人逐渐康复了。

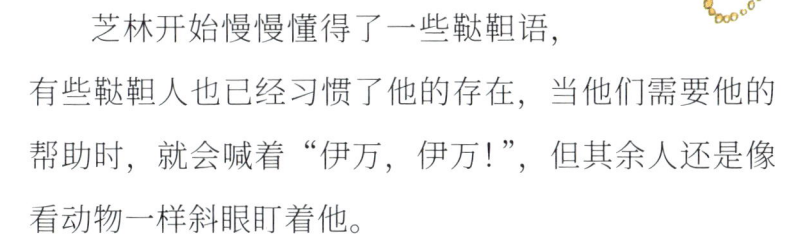

芝林开始慢慢懂得了一些鞑靼语，有些鞑靼人也已经习惯了他的存在，当他们需要他的帮助时，就会喊着"伊万，伊万！"，但其余人还是像看动物一样斜眼盯着他。

那个红胡子并不喜欢芝林——每当看见芝林时，他都会皱起眉头转身离去，又或是对着他咒骂几句。这里还有一个老人，他并不住在村子里，而是从山下来的。只有在他来庙宇祈祷时，芝林才有机会看见他。他是一个身材矮小的老人，帽子上缠绕着白巾，和羽绒一样白的胡须被修剪得整整齐齐。他满脸皱纹，面庞和砖头一样红，鼻子像鹰的喙，灰色的眼珠透着凶光，嘴里只剩下两颗尖牙。他经常包着头巾，挂着拐杖走过来，像匹狼一样仔细打

量着四周。但凡他看见芝林,他都会嘟囔着转过身去。

有一天,芝林走到山下——他想看看那个老人住哪里。他从一条小路走下去,看到一个有着石头围栏的小花园,围栏里有樱桃树和杏树,还有一座平顶小屋。他走近后,发现了一个用稻草编制的蜂箱,一群蜜蜂绕在蜂箱旁边嗡嗡作响,老人正跪在地上,对着面前的蜂窝忙活。芝林爬到高处,想看得更加清楚些,但他身上的脚镣发出了声响。老人环顾四周,大叫一声，并从腰间抽出手枪向芝林射击，他不得不躲在一块石头后，才堪堪躲过一劫。

老人向芝林的主人告状，于是主人叫来了芝林，笑着问道："你为什么要去老人那里？"

"我并没有做出任何伤害他的行为，"芝林说，"我只是想看看他是如何生活的。"

主人将芝林的话转告给老人，但老人非常生气，嘴里发出嘶嘶的声音，不停地咕哝着。他朝芝林龇着他的尖牙，又威胁似的冲他挥了挥手。芝林并不完全理解他的意思，但是他明白，这个老人想让他的主人杀了他和考斯特林这两个俄国人，不让他们留在村里。

老人离开后，芝林好奇地问他的主人，这个老鞑靼人曾是个怎样的人。

"他是个响当当的人物！"他的主人说道，"他曾经是头号好汉，杀掉了很多俄国人，并且非常富有。他有过三个妻子和八个儿子，他们都生活在同一座村寨里。有一天，俄国人入侵了村寨，他们不仅毁了整个村寨，还杀死了他的七个儿子——唯一一个幸存的儿子还向俄国人投降了。于是这个老人也向俄国人投降，和那群人一起待了三个月。他在那里找到了自己的儿子并亲手杀了他，之后便逃走了。从那时起，他不再战斗，而是前往麦加朝圣——这也是他戴着头巾的原因。像他这样到过麦加的人，就被称作哈吉，并且都佩戴着头巾。现在，他对于你们的族人来说已经毫无用处。他让我杀了你，但是我不能这么做，因为我是付了钱买下你的，而且我很欣赏你，伊万。我不仅不愿意杀你，而且要不是我先许下承诺，我可不愿意放你走。"他一边笑，一边又用俄语说道，"你，伊万，好，我，阿卜杜勒，好！"

四

芝林又在这里度过了一个月。白天他会在村庄里四处走动，做一些小玩意儿，当夜晚降临，四下寂静的时候，他就开始在棚子里挖洞。墙体都是石头做的，挖起洞来很艰难，但是他用锉子一直锉那些石头，终于挖出了一个可以让他钻出去的洞。

"首先，我得弄清楚方向，"他心想，"但是鞑靼人是不会告诉我任何事情的。"

于是有一天，当他的主人出远门后，芝林吃过晚饭，走到了村庄后面的上坡处——在那里他可以看清整个地形。但是他的主人离开之前，曾叮嘱自己的儿子要时刻留意芝林的动向，寸步不离地跟着他。于是小男孩跟在芝林身后说道："别去那里！我父亲说你不能去那里！我会叫人来的！"

芝林开始劝说他。

"我不会走远的，"他说，"我只想上山看看。因为我想找一种可以治疗村民的草药。跟我一起来吧，反正我戴着这个脚镣是跑不掉的。明天我给你做一把弓，再给你做一些箭。"

他成功说服了男孩，他们一起走向山坡。他抬头看了看山，山看起来离他很近，但是戴着脚镣走起来是非常困难的。他走了很久，终于克服重重困难爬到了山顶。芝林坐了下来，开始观察整个地方——在棚子的南边有一座峡谷，那里有一群马正在吃草。低地上可能是另一座村寨，在那个村寨里有一座更加陡峭的山——山后面还有一座山。山间能看见一片森林，森林后则又是一座山——这些山峰更加高耸陡峭。在崇山峻岭间，最高的是几座覆盖着白砂糖般细雪的山峰，其中有座雪山远高于其余所有山峰。东边和西边也都是这样的山，村庄的炊烟从山间的峡谷中缓缓升起。

"好吧，"他心想，"这边都是他们的地盘。"

他开始向俄国的方向看去，在他的脚下是一条溪流和他们生活的村庄，四周尽是小花园。女人们正坐在河边清洗着麻布——她们看起来和泥人一样小。越过村庄的下方是一座山，在这座山后，还有两座被森林覆盖着的山峰，两座山峰之间有一小块平地，在那块平地上方——离得很远很远——好似有炊烟缭绕。芝林开始回忆起当他在军营时，太阳是从哪里升起和落下的，他看向那里——那里应该是俄国要塞所在的山谷。而两山之间的地方，就是他要逃跑的方向。

太阳开始缓缓落下，雪山从白色变成了紫红色，黑色山峰的颜色变得更深了，烟雾从山的缝隙间升起，那个毋庸置疑是俄国要塞的山谷，也在落日的余晖下闪闪发光，就像是着了火一般。芝林开始更加仔细地观察——山谷里隐约有什么东西在晃动颤抖，好像是烟囱里冒出的烟。他现在非常确信，那里一定是俄国要塞。

天黑了，他能听见人们的呼唤声，羊群被赶了回来，牛群在哞哞地叫。小男孩对他说："走吧！"但是芝林却并不想离开。

他们回到了家里。"好吧，"芝林心想，"现在我知道了地形，我必须要逃走了。"他当晚就想逃——正值黑夜，只有一轮新月。不巧的是，鞑靼人在傍晚回来了。平时，他们都会开心地赶着牛回来，但是这次他们却一无所获，只带回了一具鞑靼人的尸体——那是一个生着红发的鞑靼同伴。他们满身怒意归来，聚集在一起为死去的同伴下葬，芝林也去围观了。他们将死去的同伴用麻布包裹起来，没有安置在棺材里，而是将他抬到了村前的一棵梧桐树下，放在草地

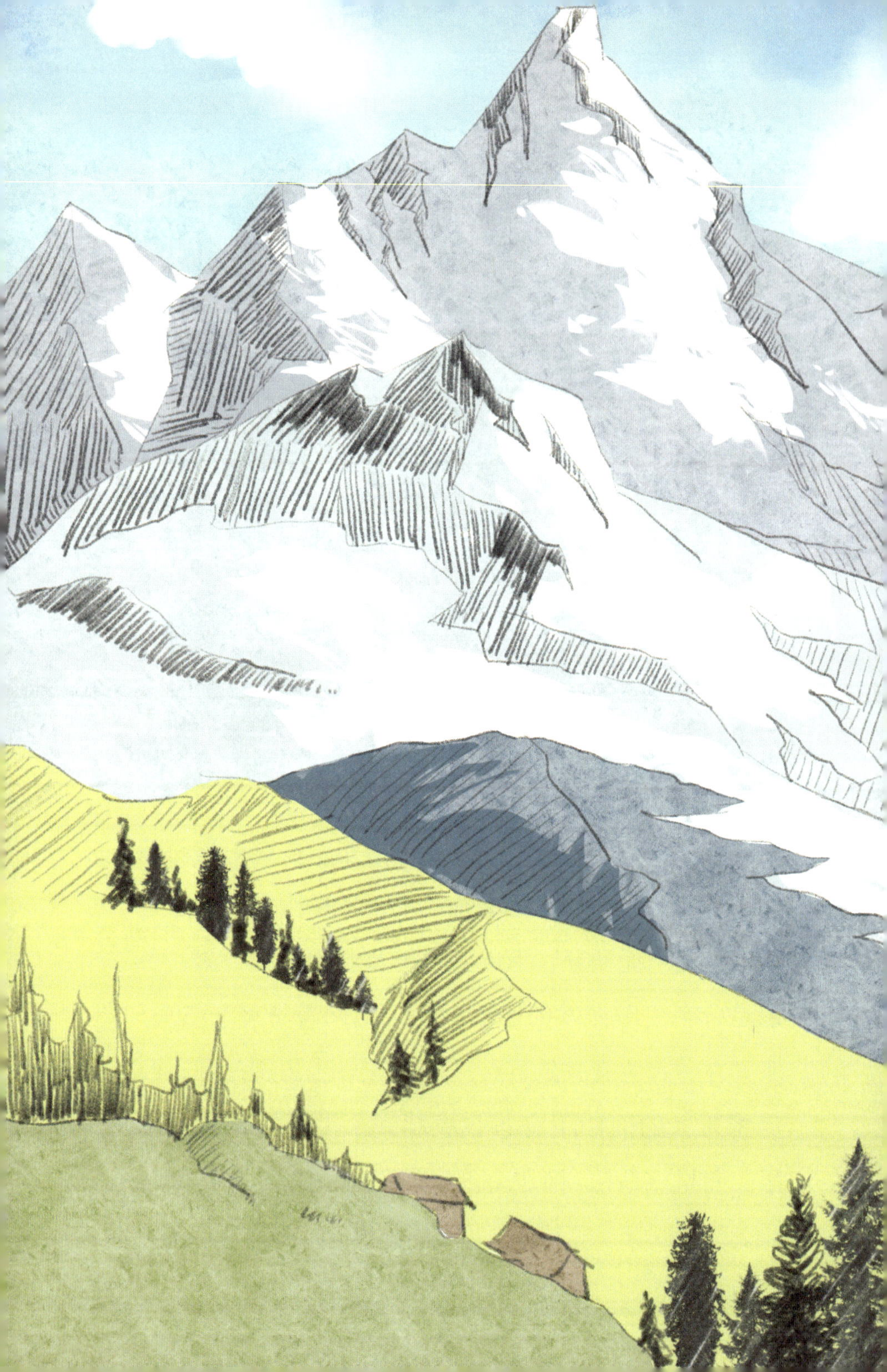

上。一些帽子上缠着头巾的老人也来了，他们都围着死去的同伴，脱下了鞋，在他面前双腿跪坐成一排。

戴头巾的老人并排坐着，其余的鞑靼人则坐在他们身后。所有人跪坐着，垂着头默不作声。死去的人躺在草地上纹丝不动，人们坐在他身边，也像死去了一样——没有一个人晃动身体。只听见梧桐树叶在风中沙沙作响。之后，所有人都站了起来，将尸体抬到了一个深坑前——这不是一个普通的深坑，而是深深挖掘到了地底下，像地窖一般。他们将死去的伙伴抬起，轻轻把他摆成一个坐着的姿势，然后又将他的双手放在肚子上。

一个诺盖人抱来了许多绿色的芦苇秆，他们将芦苇秆铺在坑里，并很快地填上了土。将芦苇秆和泥土铺平整后，他们又在墓穴上方竖了一块石碑。众人沿着土路走下去，又在坟墓前并排坐着，久久不语。

之后，他们叹息着站起身来。一个红发的鞑靼人将钱分给了老人们，然后他站起身，用鞭子狠狠地在额头上抽了三下，随后众人各自散去。

第二天一早,芝林看见红胡子牵着一匹母马走出了村子,身后跟着三个鞑靼人。他们来到了村外,红胡子脱下外套,卷起袖子,露出了粗壮的胳膊。他拿出了匕首,在石板上磨了起来。鞑靼人扳起马头,红胡子走上前,一刀割破了它的喉咙,把它放倒在地上,用粗粝的双手将马皮撕开。妇女和姑娘们走了过来,开始动手清理马的内脏,然后她们将马剁块,把马肉带回了家。之后,整个村寨的人都聚集到红胡子家,来追悼死去的同伴。

他们一连三天吃马肉,喝不扎酒,纪念离去的同伴——所有鞑靼人都不曾离开村寨。直到第四天,芝林看见他们准备去别的地方吃晚饭。他们带着马匹,收拾停当后就离开了——大概有十个人,那个红胡子也在其中。阿卜杜勒是唯一一个留在家里的人。新月初升,四下仍是一片漆黑。

"好吧,"芝林想,"今晚我一定要逃走。"

他把自己的计划告诉了考斯特林,考斯特林却很害怕。

"我们怎么跑呢？我们连路都不认识。"

"我认得路。"

"但我们不可能在一晚上就到达目的地。"

"如果到不了要塞，我们可以藏身在树林里过夜。我带了很多米饼。你总待在这里也不是办法，要是能交上赎金一切都好说，可万一你家里凑不齐这么多钱呢？鞑靼人现在很生气，因为俄国人杀掉了他们的一个同伴——也许他们现在会想要杀了我们的。"

考斯特林想了想，说："好吧，我们走！"

五

芝林悄悄爬进洞里——为了让考斯特林也能钻进去，他还将洞挖宽了些，然后他们就等待着村庄里安静下来。

四周一静下来，芝林就钻出了地洞，他悄声让考斯特林也爬出来。考斯特林开始动作，脚下却不小心勾到一块石头，发出了动静——他的主人有一条看门的花狗叫乌尔雅辛，异常凶狠，芝林喂过它很多次。乌尔雅辛听到响声，开始大声叫，和其他狗一起向他们跑来。芝林轻轻吹了声口哨，将一块米饼扔给它，乌尔雅辛认出了他，立刻停下了吠叫并摇起尾巴来。

他的主人听到动静后，从屋子里对狗喊道："一边去，乌尔雅辛！"

芝林抚摸着乌尔雅辛的耳后，它很安静，一边蹭着芝林的腿，一边摇着尾巴。他们在角落里坐了一会儿，一切都安静下来，只听见羊群在羊舍里叫，潺潺流水击打在鹅卵石上。夜色沉沉，繁星高悬在天空，新月在群山之间映着红光，月亮的一角缓缓向上转动，山间弥漫着牛奶般的白雾。

芝林站起身对他的同伴说："是时候了，朋友，我们出发吧！"

他们开始行动，还没走几步，就听见人们出门的声音。他们只好躲在一堵墙后，坐在原地等着人群经过，等了很久，一切终于又安静下来。

他们继续行动。首先穿过院子，向山下行进至溪边，然后涉过溪流向山谷前进。此时雾霭正浓，但他们头顶的星星依然清晰可见。芝林根据星星来判断应该前进的方向。雾气清新，前行起来很舒服，但他们的鞋子因为磨损了太多，走起路来不是很方便。芝林便脱下鞋子扔到一边，赤着脚继续前行。他在石头上跳跃着，并一直观察着星星。考斯特林此时却逐渐落后。

"走慢点，"他抱怨着，"这该死的鞋子，实在太磨脚了。"

"把鞋脱了，赤脚走起来更容易。"

于是考斯特林开始光着脚前进，情况却更糟了——他的脚被沿路的石头割伤，他一直落后于芝林。芝林对他说："就算你的脚一时受伤，它们终究会痊愈的；但如果被鞑靼人抓住，他们一定会杀了你 —甚至更糟糕。"

考斯特林没有回答，只是一边呻吟一边走路。他们走了很久，终于穿过了峡谷，却突然听到旁边有狗叫声。芝林停下来观察四周，双手摸索着爬上一处斜坡。

"哦!"他说,"我们走错了方向——过于偏右了。这里有另一座鞑靼人的村子,我在山顶上看到过。现在我们必须得退回去,然后向左走,爬上山,那边一定有一片森林。"

然而考斯特林却说:"稍等一下!让我休息一下吧,我的脚已经沾满了血。"

"我的朋友,它们会好起来的!你跳着走就会好些,像这样!"

然后芝林就朝着来时的路跑了回去,向左边前进,他跑上了山,然后进入了森林。考斯特林一直落在后面,不时发出呻吟,芝林不断让他噤声,然后继续走下去。

他们上了山,确实看到了一片森林。他们跑进森林——被沿路的荆棘撕破了衣物——发现了一条林中小路,开始沿路前行。

"停下!"一阵蹄声从小路上传来,他们停下脚步仔细聆听,那声音也停了;他们继续前进,蹄声又出现了;他们再次停下来,那蹄声又重新停下来。芝林

朝声音的方向爬了过去，借着月光，他只看见有什么东西正站在这条路上——并不完全是马，更像是有什么奇怪的东西骑在马的身上，但又不像是人。他听见它的响鼻声。

"这到底是个什么东西？"芝林想着，朝着光亮处轻轻吹了声口哨，只见那个东西立刻从小道上飞奔而走。他能听见它穿过森林的声音，树枝纷纷折裂，好似暴风席卷过一般。

考斯特林吓得跌坐在地上，芝林却笑着说："那是一头牡鹿。你听见它的角撞断树枝的声音了吗？我们害怕它，它也害怕我们呀。"

他们继续前进着，天上的昴星团开始渐渐消失——天马上就要亮了。他们不知道是否正朝着正确的方向前进。芝林以为，这条路就是他被抓时所走的路，他以为距离自己的同胞只有大概十俄里远了——但周围并没有任何标识，夜里看不清楚，很难判断。他们从森林里走了出来。考斯特林坐在地上说道："你要走就走吧，我是走不动了！我的脚已经动弹不了了。"

芝林劝他继续前进。

"不，"他说，"我真的走不动了。"

芝林很生气地啐了一口，大喊道："既然如此，那我就自己走，再见！"

考斯特林站起身来，又跟着走。他们走了大概四俄里，森林里的雾越发浓重，几乎看不见前面的道路，天空中的星星也越发黯淡了。

突然，他们听见马蹄声从前方传来——甚至能听见马蹄落在石头上的声音。芝林趴下来,将耳朵贴在地面仔细地听。

"是的,有人骑马朝这边来了!"

他们立刻从路面上跑开,躲进灌木丛里。芝林悄悄爬向路边,看到一个骑着马的鞑靼人正在驱赶一头牛,并且自言自语着。鞑靼人从他们身边走过后,芝林回到考斯特林身边。

"他已经走了。来吧,我们走!"

考斯特林尝试着站起身,却摔倒了。

"我不行了,我真的走不动了。我没有一点力气了。"

这个肥胖且笨重的男人此时已经汗流浃背,林中的寒雾笼罩着他,他的脚上伤痕累累——他已经垮掉了。芝林尝试着扶他站起来,但考斯特林哭着大喊:"天啊,好疼啊!"

芝林惊惧交加。

"你喊什么!鞑靼人还没有走远,他会听见的!"

但他在心里琢磨:"看来他是真的不行了。这下我该怎么办呢?总不能把朋友丢下不管吧。"

"好吧,"他说道,"站起来。如果你不能走了,我背你。"

他将考斯特林背在身上,双手抓着考斯特林的腿,然后继续前进。

"只是,"他说道,"不要用手掐住我的脖子,你抓住我的肩膀!"

这对芝林来说并不容易——他的双脚也已经沾满鲜血,人也疲惫不堪了。他不停地弯下身来调整考斯特林的位置,将他背得高一点,防止他掉下来,就这样背着他继续上路了。

显然,那个鞑靼人听见了考斯特林的喊叫声。芝林听见有人骑马从他们的背后接近,并且还说着鞑靼语。他连忙躲进树丛里,鞑靼人开了一枪,并大声地喊叫着,然后顺原路骑了回去。

"唉,"芝林说道,"这下可糟了,我的朋友!他一定会召集更多的鞑靼人来抓我们。如果我们不能马上逃出三俄里,就完蛋了。"他同时在心中思忖着:"真晦气,我一定是被魔鬼迷了心智,才会带上这块大木头。要是只有我一个人，早就跑掉了。"

考斯特林说："你自己走吧！你为什么要因为我而死掉呢？"

"不，我不会走的，人不应该抛下同伴。"

他重新背起考斯特林，就这样，他们又前进了一俄里。四周都是树木，根本看不到尽头。浓雾开始逐渐消散，慢慢向空中飘去，像一团团的云朵。天空中的星星已经看不到了。芝林此刻精疲力竭。

他们来到了路边的一处小溪旁，小溪里铺满了大大小小的石头。芝林停下脚步，将考斯特林放了下来。

"让我休息一下，"他说，"拿点水来！我们吃些米饼吧，应该不会太远了。"

他正要俯下身子喝水，却听见马蹄声从身后传来。他们又一次向右边跑去，躲进灌木丛后，在下坡处卧倒。

他们能听见鞑靼人的声音——就在他们离开的地方停了下来。他们讨论了一会儿，然后发出了某种呼声，像是在命令狗去追捕。有什么东西穿过灌木丛向他们而来，只见一条陌生的狗径直跑来，停在了他们面前开始叫。

那些鞑靼人也走了下来——同样是一些陌生的面孔。鞑靼人抓住他们，将他们绑在马背上带走了。大概走了三俄里左右，他们就见到了阿卜杜勒和另外两个鞑靼人。他们交谈了几句，就把芝林他们绑在另外几匹马背后，带回了村寨。

这次，阿卜杜勒没有哈哈大笑，也没有对他们说一句话。

黎明时分，他们被带回村里，丢在街边。小孩子们跑上前，尖叫着用石头和树枝打他们。鞑靼人围成一个圈在商量些什么——山下的那个老人也来了。芝林看得出，这些人是在商量应该如何处置他们两个。有人主张把他们送去更远的山中，老人却认为应该杀掉他们以绝后患。阿卜杜勒和人们争论道："他们是我花了钱买来的，我得从他们身上得到赎金。"

老人却说："他们是不会给我们一分钱的，只会给我们带来麻烦。不该白白养活这些俄国人，杀了他们，一了百了。"

不一会儿，人们各自散去，主人走到芝林面前，说："如果两周后我还没有收到赎金，我就把你们活活打死。要是你们再敢尝试逃走，我一定会像杀条狗那样宰了你们俩。现在给我写信，好好地写一封信！"

鞑靼人拿来了纸笔。他们写好信后，就被重新戴上了脚镣，被带到了寺庙后面。那里有一条大约深十二英尺的沟渠，他们就被丢在了那条沟渠里。

六

现在，他们的处境异常艰难——时时刻刻都戴着脚镣，根本无法离开那个沟渠。鞑靼人每天像喂狗一样把生面团扔给他们，水被倒进一个罐子里放下去。沟渠里又臭又闷，并且很潮湿。考斯特林病得很严重，整个人都肿起来了，他非常虚弱，难受得一直在呻吟，要么就在昏睡。芝林对现在的处境感到绝望，他不知道该怎样才能离开。

他开始挖地，周围却没有能够丢弃泥土的地

方——要是被主人看见了,他一定会被杀掉。

这天,芝林蹲在沟渠中,脑海里想着外面的自由世界,他感到非常沮丧。突然,一块米饼掉在了他的膝盖上,然后是另一块,还有一些樱桃。他抬头看去——是迪安娜。她看着他笑了笑,随后就跑开了。芝林心想:"也许迪安娜可以帮我。"

他把沟渠收拾得干净了些,然后刮下一些黏土开始做泥人。他做了人、马还有狗。他心想:"等迪安娜来的时候,我就把这些泥人送给她。"

但是第二天,迪安娜并没有出现。芝林听到了马蹄声——有人正骑着马从这里经过。鞑靼人聚集在寺里,他们大声争吵着,讨论着关于俄国人的事。芝林听见了那个老人的声音,他不能完全理解老人的用词,但他猜测应该是俄国人来到了村子附近,鞑靼人很担心他们会闯进村子,而且也不知道应该怎样处置俘虏。

他们争执了一会儿后就各自散去了。突然,芝林听到上方传来了沙沙声。他抬头看去,迪安娜正蹲在地上,她的膝盖高过了她的头顶;她弯下身来,脖子上挂着的项链就悬在沟渠上方。她的小眼睛就像星星一样闪着光。她从袖子里拿出了两块奶酥饼,向他们扔了过去。芝林对她说:"你怎么这么久都没来?我给你做了些小泥人。来,都拿着!"

他开始将自己做的泥人一个一个地抛向她,她却摆了摆手,也没有看泥人一眼。

"我不想要它们。"她说着,就这样静静地坐了一会儿,然后又开口道,"伊万,他们想杀了你。"她用手指着自己的脖子。

"谁想杀了我?"

"我的父亲。那个老人告诉他要这么做。我为你感到难过。"

于是芝林说:"如果你同情我的话,就给我一根长木棍吧!"

她摇摇头,表示她不能这么做。他双手合十开始乞求她:"迪安娜,求求你了!亲爱的迪安娜,给我一根长木棍吧!"

"我现在不能这么做，"她说道，"所有人都在家，他们会发现的。"

然后迪安娜就离开了。

芝林坐了一整晚，一直想着之后会发生什么。他不停地抬头看，此刻星星已经挂在天上，但月亮还没有升起来。有人大喊了一声，然后一切都慢慢安静下来。芝林开始逐渐昏睡过去，也许那个女孩感到害怕了吧，他心想。

忽然间，一些土块掉在他头上，芝林抬起头，只见一根长杆被扔了下来，翻滚着掉进沟渠里。芝林无比激动，他抓住长杆，慢慢取了下来——这是一根非常结实的长杆。他在主人的屋顶见过。

他抬起头，星星在天上高悬闪耀，沟渠上方，迪安娜的眼睛在黑夜中闪闪发光。她将脸贴近沟渠，然后悄声呼唤："伊万，伊万！"她的手一直在脸边摆动着，意思是叫他轻声些。

"现在是什么情况？"芝林问道。

"他们都走了，只有两个人在房子里。"

于是芝林说道:"考斯特林,快,让我们再试最后一次!我把你举上去!"

考斯特林根本听不进去。

"不,"他说,"我再也不会逃走了。我能去哪儿呢?我甚至连翻身的力气都没有。"

"如果是这样的话,再见吧朋友!请别怪我!"

芝林亲吻了考斯特林的脸颊,让迪安娜抓住杆子的一端,随后他开始往上爬。他滑下去了两三次,脚镣阻碍了他的行动。考斯特林在下面托着他——他终于爬了上去。迪安娜用尽全力拉着芝林的衣服把他拽上来,然后露出了笑容。

芝林拿起杆子说:"快把它放回原处,如果他们发现了,他们会打你的。"

迪安娜拖着杆子离开了,芝林向山下走去。他从斜坡上爬了下去,捡起一块尖锐的石头,想要砸开脚镣上的锁——但是锁非常坚硬,他根本砸不开。他听见有人脚步轻盈地跑下山来,知道是迪安娜。迪安娜跑上前,拿过石头说:"让我来!"

她跪下来试图砸开锁头，但是她的胳膊几乎和竹竿一样细，实在没有那么大的力气。她把石头扔在一边，哭了起来。芝林再次尝试破坏锁头，迪安娜蹲在他旁边，扶住他的肩膀。芝林看了看四周，只见左边的山头后映着红光——月亮要升起来了。

"好吧，"他想，"在月亮升起之前，我必须得穿过峡谷，赶到森林里。"

于是他站起来，扔掉了手里的石头。尽管他还是戴着脚镣，却也不得不出发了。

"再见了，亲爱的迪安娜，我一辈子都不会忘记你的。"

迪安娜抓住他，在芝林身上摸索着，想要找到一个可以放米饼的地方。他从她手里接过了米饼。

"谢谢你，"他说道，"聪明的姑娘。以后我不在，还有谁能给你做泥人呢？"他轻轻摸了摸迪安娜的头。

迪安娜哭了起来，她用双手捂住自己的眼睛，随后向山上跑去。在黑暗中，他能够听见迪安娜发辫上的饰品敲打肩膀的声音。

芝林将脚镣上的锁头握在手里,防止它发出响声,然后便拖着双脚上路了。他不时看向月亮方向的光芒——他是知道路的,大概有八俄里的距离。只希望他能在月亮完全升起前到达森林。他涉过了河流,山峰后已经隐隐发光了;他穿过了峡谷,一面走一面张望,此时还看不见月亮。然而,夜晚越来越亮了,峡谷的一侧也越发清晰了。山腰里升起的阴影,逐渐向芝林逼近。

芝林一直走在有阴影的地方,他加快了脚步,但是月亮升起的速度更快——右侧的树梢已经完全暴露在月光之下。当他赶到树林时,月亮已经从山后完全升起来了——月光洒满大地,四周如同白天一样明亮,所有的枝叶都清晰可见。月光皎洁,群山寂静无声。只能听见脚下溪流淙淙。

芝林到达了森林边,路上一个人也没有碰到,于是他在林中一处黑暗的角落里坐下休息。他歇了一会儿，吃了一个米饼，然后找到一块石头，想再次尝试砸坏锁头——然而双手都磨破了还是不起作用。芝林只好站起来继续前进，又走了大概一俄里的距离——此时他已经精疲力竭，双脚疼痛难忍，每走十来步就得停下来休息。

"我该怎么做呢？"他心想，"只要还有力气，我就会拖着这副躯壳拼命往前走，直到力气完全用尽。如果我现在坐下休息，就一定站不起来了。要是不能在黎明前到达要塞，我就在森林里躲上一天，等到晚上再继续前进。"

芝林走了整整一夜，只遇到两个鞑靼人——他远远就听到了他们的声音，早早地躲在了树后。

月亮开始慢慢落下，天快亮了，然而芝林甚至还没有到达要塞的边缘。

"好吧，"他心想，"我再走三十步，然后就进到森林里休息。"

又前行了三十步后，芝林看见了尽头，他终于来到了森林的边缘。此时天已经很亮了，草原和要塞出现在他的面前,几乎近在咫尺。左边靠近山脚的地方有火堆在燃烧,火快熄灭了,烟雾飘散在空中,一群人聚集在火堆附近。

他仔细地观察着他们,看见枪支闪着光——他们是哥萨克人和士兵。

芝林欣喜若狂,他用尽自己最后的力量向山下走去。他心想:"希望骑着马的鞑靼人不会在平地上发现我!尽管我离士兵们不远,但是我还是会被抓住的。"

这个想法刚一浮现,芝林就瞧见三个鞑靼人正站在离他不到一百五十英

寻①的沙丘上。他们发现了他，立刻朝这边飞奔而来。芝林的心猛地沉了下去。他挥着双臂，用最大的声音喊道："兄弟们！快来救我！兄弟们！"

哥萨克人听见了他的求救声，骑着马朝芝林飞奔而去，准备截住鞑靼人。

哥萨克人离他还有一段距离，然而鞑靼人就在附近了。于是芝林用尽自己最后一点力气，手里提着脚镣朝哥萨克人跑去。他无法自控地大喊道："兄弟们！兄弟们！兄弟们！"

大约有十五个哥萨克人。鞑靼人慌了，在抓到芝林前就勒住了马。芝林跑到了哥萨克人面前，哥萨克人将他围住，问道："你是谁？你从哪里来？"

但是芝林实在无法控制自己，他痛哭流涕地喊道："兄弟们！兄弟们！"

士兵们跑上前来围住芝林，有人给他面包，有人给他稀粥，有人给他伏特加，有人给他披上了斗篷，

---

① 英寻：海洋测量中的深度单位，1英寻约等于1.829米。

还有人砸开了他的脚镣。

军官们认出了他,将芝林带进了要塞。士兵们非常开心,同伴们都纷纷来看望他。

芝林把事情的来龙去脉一一说明,然后说:"这就是我的探亲和新婚之旅!不,显然这根本不是我命中注定要做的事。"

于是他继续留在高加索的军队里服役。又过了一个多月,考斯特林才被用五千卢布赎回来——他被带回来时已经半死不活了。

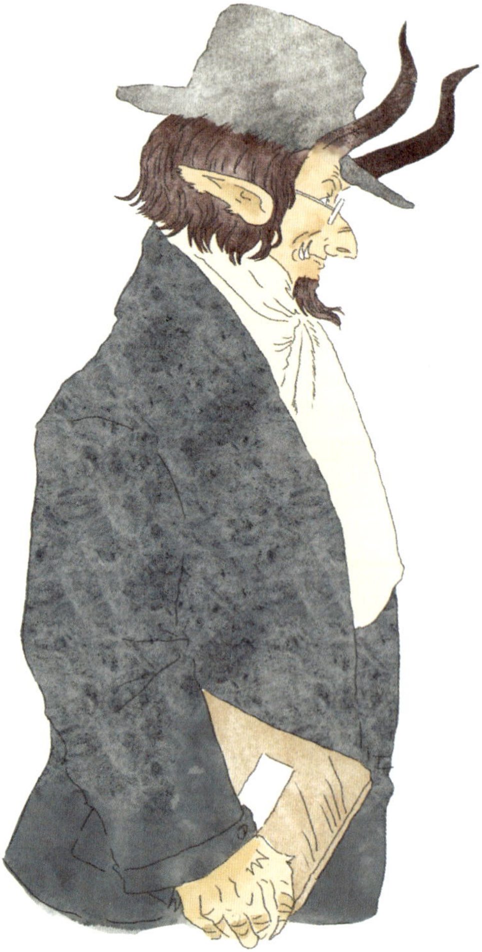

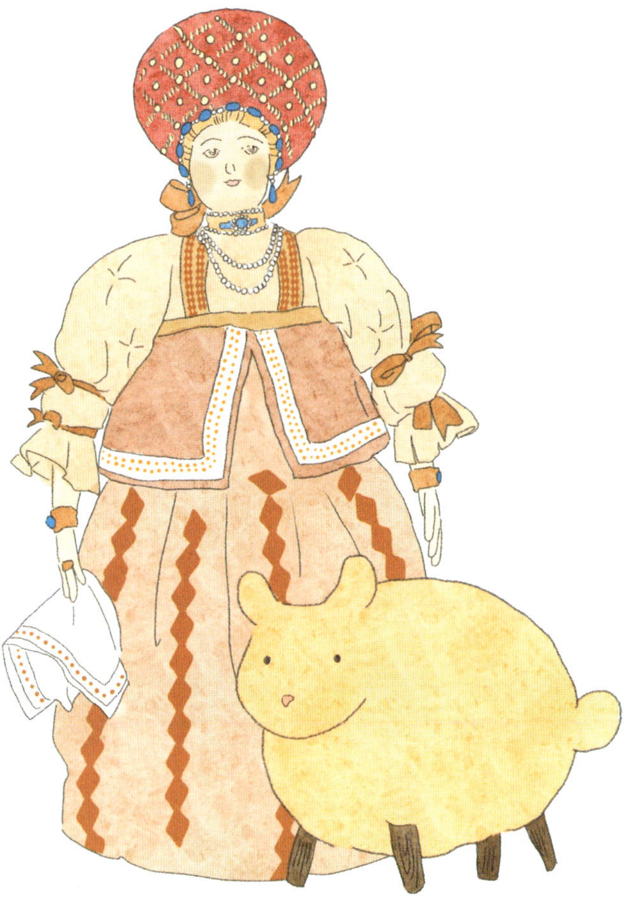